IBI ZOBOI

MARVEL

OKOYE
PELO POVO

São Paulo
2022
EXCELSIOR
BOOK ONE

Primeira edição Marvel Press: março de 2022

EXCELSIOR – BOOK ONE
TRADUÇÃO *Lina Machado*
PREPARAÇÃO *Sérgio Motta*
REVISÃO *Tássia Carvalho e Silvia Yumi FK*
ARTE, ADAPTAÇÃO DE CAPA
E DIAGRAMAÇÃO *Francine C. Silva*
TIPOGRAFIA *Adobe Caslon Pro*
IMPRESSÃO *Ipsis*

MARVEL PRESS
ARTE DA SOBRECAPA *Noa Denmon*
DESIGN ORIGINAL DA SOBRECAPA *Kurt Hartman*

Dados Internacionais de Catalogação na Publicação (CIP)
Angélica Ilacqua CRB-8/7057

Z72o	Zoboi, Ibi
	Okoye pelo povo / Ibi Zoboi; tradução de Lina Machado. – São Paulo: Excelsior, 2022.
	224 p.
	ISBN 978-65-87435-74-9
	Título original: *Okoye to the People*
	1. Ficção norte-americana 2. Okoye – Personagem fictício 3. Pantera Negra – Personagem fictício I. Título II. Machado, Lina
22-2568	CDD 813

Para as pessoas do Haiti, e dos bairros
de Bushwick, Brownsville e Flatbush, no Brooklyn

"E é aí que está todo o problema… Nós somos parecidas demais para entender uma à outra, porque nem sequer entendemos a nós mesmas."

— Betty Smith, *Uma árvore cresce no Brooklyn*

"Espalhe amor, é o jeito do Brooklyn."

— Notorious B.I.G.

CAPÍTULO 1

O sol amarelo-alaranjado se levanta sobre Wakanda e lança uma luz tão brilhante que os olhos de Okoye se abrem no mesmo instante. Ela se senta na cama, ansiosa para correr através dos raios de sol, do orvalho da manhã e da grama alta para chegar ao Centro de Treinamento Upanga. Mas a obrigatória rotina matinal a força a desacelerar para fazer uma reflexão silenciosa e agradecer aos ancestrais por agora fazer parte de um respeitado grupo formado por algumas das mulheres mais corajosas do mundo: as Dora Milaje.

Até poucos anos atrás, Okoye era apenas uma garota de aldeia que disputava corrida com outras crianças entre os arbustos, atravessando as colinas, e iam até o mercado, onde as tias vendiam o que colhiam, além de quaisquer bugigangas, nas barracas com telhado de palha. De tempos em tempos, o rei T'Chaka abençoava os aldeões e comerciantes com sua presença. As Dora Milaje caminhavam ao lado dele enquanto olhavam severamente para longe, onde as cordilheiras verdes tocavam a imensidão do céu tão azul quanto o oceano. Elas lançavam piscadelas ou sorrisos secretos para uma menina que talvez logo se juntaria àquelas fileiras.

Foi assim que tudo começou para Okoye. No dia em que os olhos dela, jovens e impressionáveis, avistaram uma daquelas mulheres belas, fortes e poderosas, ela soube que aquela seria sua vida. Os meses de treinamento, em que ela foi reduzida a apenas um vestígio daquela garota de aldeia e reconstruída como uma poderosa, sábia e leal mulher, guerreira e protetora de Wakanda e do trono, levaram-na a este momento em que ela veste seu uniforme de Dora Milaje com orgulho.

A túnica vermelha e as calças ajustadas são feitas de um material tão resistente e leve que parecem uma segunda pele. Assim, ela porta os deveres das Dora Milaje como se fizesse parte de seu próprio corpo e do coração. As braçadeiras e as botas combinando são um toque adicional que a faz se sentir ainda mais poderosa. Sua lança não é apenas uma arma, mas uma extensão do corpo dela, como outro membro. A arma se dobra dentro da manga da túnica, escondida da vista de todos. Okoye passa um pouco de óleo no couro cabeludo raspado, onde a nova tatuagem a marcou para toda a vida, e talvez para além dela.

Ayo está esperando fora do complexo, tão ansiosa quanto Okoye, mesmo sem sorrir. A cabeça dela, também raspada, brilha à luz do sol da manhã e a pele é de um marrom profundo que parece coberta pela luz das estrelas. Okoye sabe que Ayo é o reflexo dela em todos os sentidos. Ela se orgulha de ser uma guerreira ao lado da melhor amiga.

Há vários complexos às margens da floresta onde as Dora Milaje fizeram suas moradas. Cada complexo é uma estrutura quadrada de arestas arredondadas com paredes de estuque branco, portas de aço vermelho e janelas refletivas unidirecionais. Símbolos hauçás estão pintados nos batentes das portas com afirmações secretas que cada Dora Milaje precisa memorizar. Muitas das Dora já deixaram seus complexos enquanto outro grupo descansa depois de completar o turno da noite no palácio. Hoje Okoye e Ayo estão escaladas para ir ao Centro de Treinamento Upanga, longe dos deveres habituais de guardar o trono de Wakanda.

Ayo para onde a estrada de terra que sai da floresta se abre para uma trilha pavimentada. Ela empunha a lança enquanto um sorriso enganoso se espalha pelo rosto dela.

— Que tal um pouco de exercício matinal antes de irmos para Upanga? — ela sugere.

— Não deveríamos esperar para saber o que a capitã tem planejado para nós? — pergunta Okoye.

— Um pequeno combate amigável não fará mal — diz Ayo, batendo a lança no chão. — E vamos estar muito mais preparadas. É só um aquecimento. Eu prometo.

Okoye já retirou a lança da manga da túnica e está em posição de combate, com os joelhos flexionados, uma perna à frente da outra, o braço direito erguido acima da cabeça, pronta para derrubar a lança da mão de Ayo. Em segundos, as guerreiras estão se esquivando uma da arma da outra enquanto giram nos calcanhares, chutam, golpeiam e saltam. Os movimentos de Okoye são rápidos e impetuosos, enquanto Ayo é paciente e procura o melhor momento para atacar. Okoye se vira rapidamente para desferir um golpe forte, mas Ayo mira nas pernas da amiga e, em um instante, Okoye está de costas no chão, derrotada. Mas só por um instante, antes que ela agarrasse o braço de Ayo na altura do cotovelo, fazendo a lança escapar da mão dela. Com toda a força, Okoye se levanta num salto, e o corpo de Ayo se ergue junto. Ayo salta para fora do aperto de Okoye, e as duas mulheres ficam a poucos metros uma da outra mais uma vez, em posições de combate.

Algumas crianças aparecem para formar uma plateia ao redor delas, cada uma torcendo por sua favorita. Metade delas entoa o nome de Okoye, enquanto as outras torcem por Ayo.

Okoye é a primeira a sorrir. Ayo relaxa o corpo. As crianças aplaudem e a maioria volta às suas tarefas ou longas caminhadas até a escola. Cerca de cinco garotas ficam para trás, encarando Okoye e Ayo com veneração.

— Quando formos mais velhas, queremos ser iguais a vocês! — uma menina diz.

Outra garota mexe o braço, como se liberasse uma lança dobrada. Ela balança a arma imaginária em ataque a outra garota, e elas entram em uma batalha enquanto falam um palavreado ininteligível que deveria ser hauçá.

Okoye e Ayo riem.

— Em breve, minhas jovens irmãs — diz Okoye. — Em breve.

— Faça com que mestra Zola as note quando demonstrarem suas habilidades — acrescenta Ayo.

As garotas se dispersam, correndo, rindo e compartilhando sonhos de como um dia protegerão Wakanda, enquanto Okoye e Ayo seguem para o Centro de Treinamento de Upanga. Ayo está se movendo mais devagar do que antes.

— Qual é o problema? — Okoye pergunta. — Está ferida?

— Ferida? Eu? Nunca — diz Ayo. — Você, por sua vez, deve estar cansada. Estava ofegante, minha irmã.

— Cansada? Eu? Nunca — diz Okoye, endireitando-se e recolhendo a lança de volta na manga. — Podemos lutar o dia todo, se quiser. Mas capitã Aneka nos repreenderia por praticarmos quando temos assuntos mais importantes com os quais nos ocupar.

— Está certa. Afinal, você precisa descansar.

— E você precisa cuidar de seus músculos doloridos.

Este pequeno momento de alegria e diversão entre as duas guerreiras se desfaz pouco a pouco, à medida que o sol da manhã se aproxima do meio do céu.

— Sabe — diz Okoye —, não devíamos ser tão descuidadas perto dos aldeões. Eles devem nos ver como nobres e disciplinadas em todos os momentos.

— Discordo. Eles devem nos ver como seres humanos. E não como robôs guerreiros criados em um dos muitos laboratórios tecnológicos de Wakanda.

— Tem razão — Okoye admite. —Afinal, aquelas garotas da aldeia estavam nos admirando. Imagino que elas queriam ver aonde elas poderiam chegar em Wakanda. Podem ser artesãs se quiserem. Podem ser curandeiras ou ter seus próprios negócios.

— Podem ser poetas ou espiãs; costureiras ou carpinteiras — diz Ayo.

— Físicas ou cantoras; botânicas ou químicas — acrescenta Okoye. — Veja o quão extraordinária a pequena Shuri se tornou. A princesa com certeza criará todo um universo novo naquele laboratório em que ela brinca.

— Sim, ela é simplesmente puro talento e potencial. E, claro, qualquer garota em Wakanda pode se tornar uma Dora Milaje.

— Se conseguirem passar em todos os testes. Não acha que capitã Aneka se tornará ainda mais rigorosa com o passar do tempo? — Okoye pergunta.

— Wakanda pode mudar durante nosso tempo como Dora Milaje — diz Ayo. — Eu estive lá fora no mundo. Vi como nações caíram e se ergueram. Talvez precisemos mudar nossas habilidades à medida que os tempos mudam.

— Acha que o encontro com capitã Aneka está relacionado a isso?

— Não sei. Mas, de qualquer forma, nós já nos exercitamos um pouco em nossa luta matinal. Estou pronta para qualquer missão que nos seja dada.

— Não tenho certeza, Ayo — diz Okoye, baixando a voz. — Estou começando a me acostumar a guardar o rei e a conhecer a família real. Acho que não quero ser enviada para uma nova missão como você foi há alguns meses.

— Entendo, minha irmã. Eu também mal tinha me tornado uma Dora Milaje quando acompanhei capitã Aneka em minha primeira viagem fora de Wakanda. Mas ser levada em novas aventuras a qualquer momento faz parte do nosso chamado. Aceite com graça, Okoye. As garotas da aldeia estão de olho em você. Você é um exemplo agora.

— Um exemplo? Eu? Tem certeza? — Okoye brinca com um sorriso.

— Sim, minha irmã. Tenho certeza. Okoye de Wakanda e das poderosas e corajosas Dora Milaje — diz Ayo.

As duas mulheres riem enquanto se dirigem ao Centro de Treinamento Upanga. Contudo, assim que transeuntes se aproximam, elas voltam às posturas sérias de Dora Milaje: olhar ao longe, ombros para trás, alertas, altas e majestosas.

CAPÍTULO 2

A brisa quente da manhã roça o topo das cabeças de Okoye e Ayo, e as tatuagens delas brilham à luz do sol. Há apenas algumas primaveras, elas sonhavam em proteger o rei T'Chaka e Wakanda como guerreiras Dora Milaje. Desejos de jovens meninas que agora são realidade. O peito de Okoye se enche de orgulho enquanto elas seguem para Upanga. Mas devem permanecer firmes e centradas, externando uma presença imponente, mesmo que por dentro ainda sejam como as garotas animadas e risonhas das aldeias.

— Ayo, com certeza fiquei muito mais forte desde que me tornei uma Dora Milaje — diz Okoye. — Estou mais rápida e ágil. Sinto que sou quase invencível.

— Ah, Okoye. Capitã Aneka nos ensinou que a força não é apenas física. É mental e…

— Espiritual — acrescenta Okoye. — Eu sei, eu sei. Mas, quando lutamos, é com nossos corpos e músculos fortes, certo? Nossa força, como a do povo de Wakanda, não vem da magia, mas dos músculos e da inteligência, certo?

— Nossos ancestrais também nos guiam — diz Ayo.

— No meio de uma batalha, quando chamamos o Pantera Negra, ele não desce das nuvens que pairam sobre Wakanda. É a ciência das contas Kimoyo que o traz até nós.

— Não se lembra do que capitã Aneka nos disse? Como mulheres e guerreiras Dora Milaje, podemos ser tudo ao mesmo tempo: espírito, ciência e força pura.

— Sim, claro. Como o sol, a lua e as estrelas. Todos existem no céu — diz Okoye. — Então somos como o céu.

— E como a terra com suas montanhas, vales, oceanos e rios — acrescenta Ayo. — Somos como Wakanda.

— Ah! Eu gostei disso. Nós somos Wakanda! — Okoye diz.

Então elas se viram uma para a outra e dizem:

— Para sempre!

O telhado arqueado e as janelas escuras de Upanga tornam-se visíveis à distância, por trás das árvores e arbustos de flores ladeando a estrada pavimentada que leva às elaboradas portas duplas vermelhas, nas quais duas lanças se cruzam. Assim que Okoye e Ayo pisam no tapete onde as palavras *Dora Milaje* estão escritas em ouro, as portas se abrem para a ampla e majestosa rotunda do centro de treinamento.

No centro da rotunda bem iluminada, parada sobre uma insígnia do Pantera Negra, está capitã Aneka, com túnica e calças brancas e douradas. As mãos dela estão unidas na frente do corpo e o cabelo curto brilha sob as luzes.

— Bom dia, guerreiras! — ela diz em hauçá, uma das línguas de Wakanda, dando apenas um sorriso discreto. — Fico exultante em vê-las.

— É bom vê-la novamente, capitã — diz Ayo. — Apenas ficaremos exultantes quando soubermos qual é o assunto.

— Bem, eu estou exultante em vê-la, capitã — diz Okoye, inclinando a cabeça em respeito.

— Ah! Ayo está certa. Contenha seu entusiasmo, Okoye. Digam-me, como têm passado?

— Estamos bem — diz Okoye.

— Estamos melhor do que bem — diz Ayo. — Esperava o contrário, capitã?

— Claro que não. É por isso que uma de vocês foi escolhida para esta missão especial.

Okoye e Ayo rapidamente trocam olhares. Capitã Aneka havia enviado uma mensagem por meio de uma conta Kimoyo pedindo que Okoye e Ayo a encontrassem logo cedo em Upanga. A excitação agitou a barriga de Okoye, mas ela havia aprendido a manter as emoções sob controle. Quando o dever chama, ela não devia voltar às suas fantasias infantis de ação e aventura. No dia em que recebeu a nobre e muito importante missão de ser guardiã do rei T'Chaka ao lado de Aneka, ela quis pular de alegria. Mas aprendeu a manter uma presença severa e controlada, mesmo quando suas emoções parecem um rio turbulento.

Na maioria dos dias, Okoye e Ayo ficam ao lado do rei enquanto ele se encontra com o Conselho Tribal, em reuniões com representantes intertribais e quando ele conversa com o filho, príncipe T'Challa. Este é o momento mais difícil para Okoye manter a seriedade. Ela ainda se lembra de T'Challa brincando nos gramados ao redor do palácio quando era apenas um menininho. Agora ele está ocupado com os próprios treinamentos de combate e tentando impressionar o pai. A pequena Shuri aparece de tempos em tempos, zombando da careca e da expressão estoica de Okoye. Ainda bem que Okoye dominou a arte de segurar o riso.

Capitã Aneka anda de um lado para o outro ao redor delas, com as botas fazendo ruído no piso de mármore da rotunda. A capitã para a poucos metros de Okoye, com uma expressão severa, mas os olhos estão sorrindo, deixando Okoye e Ayo saberem que, embora seja rigorosa, ela se preocupa profundamente com as Dora Milaje.

— Vocês devem estar se perguntando por que chamei vocês duas aqui esta manhã — diz a capitã. — Em primeiro lugar, peço desculpas por afastá-las de seus deveres. Enviei outras duas Dora Milaje para substituí-las. O rei compreende. No entanto, uma de vocês, nobres mulheres das Dora Milaje, foi agraciada com uma tremenda oportunidade. Ayo, como você já esteve nesta missão especial, chamei-a aqui para que apoie sua irmã guerreira Okoye.

Okoye sente as entranhas saltarem, mas continua impassível como um baobá. Ela olha de relance para Ayo, procurando algum sinal de excitação no rosto da amiga. Ayo lança uma rápida piscadela para ela, então Okoye devolve o sorriso de leve, uma troca secreta entre as duas jovens expressando ansiedade ou excitação. Apenas algumas vezes durante seu treinamento, elas viram medo genuíno nos olhos uma da outra. Mas já faz muito tempo que deixaram para trás aqueles dias de ter que realizar proezas extenuantes e jogos competitivos para demonstrar habilidade, velocidade e força, e se tornarem dignas do título de Dora Milaje.

Okoye presta total atenção a cada palavra de capitã Aneka enquanto ela observa as mulheres com os penetrantes olhos, examinando os rostos delas. Okoye encara capitã Aneka com admiração. Sempre pensou nela como um pilar de graça e força, uma guerreira furtiva e uma mestra em técnicas de combate de todo o mundo. Aneka não é muito mais velha que elas, então suas conquistas parecem alcançáveis. Sem dúvida, há mais a aprender com ela, porém Okoye passou em todos os seus testes, teve um desempenho muito bom em todos os jogos, e agora ela mesma também é um pilar de graça e força. A mente de Okoye está agitada, imaginando o que poderia ser essa oportunidade.

— Como já sabem, o mundo é muito, muito maior que Wakanda — continua capitã Aneka. — Existem nações e culturas, pessoas e lugares que têm suas próprias histórias e guardam seus próprios segredos.

Okoye levanta a mão e Aneka acena para que ela fale.

— Esses outros lugares têm algo como o vibranium?

— Claro que não — retruca capitã Aneka. — O vibranium pertence apenas à Wakanda, assim como as Dora Milaje. Vocês são únicas; diamantes em um mar de carvão, uma constelação no céu noturno, um arco-íris após uma tempestade…

— Nós entendemos, capitã — Ayo interrompe. — Somos especiais.

Okoye tenta segurar o riso, mas em segundos ela é uma avalanche de risadas. Logo depois, Ayo explode em gargalhadas.

— Atenção! — capitã Aneka grita em hauçá, e as mulheres imediatamente param e endireitam a postura, com os braços ao lado do corpo, os rostos como pedra mais uma vez. — Não vou repreendê-las por encontrarem um pouco de alívio de seus novos deveres. Na verdade, algumas risadas aqui e ali, um pouco de conversa leve e trivial, como dizem, irão prepará-las para esse tipo de missão.

A atenção de Okoye se aguça. Ayo sorri um pouco. É verdade. As Dora Milaje não focam apenas em guerrear e manter rostos impassíveis o tempo todo. A alegria se infiltra como raios de sol de vez em quando, elevando os espíritos delas e iluminando os corações, tal como nesta manhã. Os deveres delas não são fáceis, e elas são humanas, não máquinas. Então o riso é um repouso. Momentos de leveza curam feridas de guerras ainda não travadas. Okoye se vira para Ayo de novo, e elas trocam sorrisos genuínos desta vez.

— No entanto, precisarei prepará-la para esta tarefa, Okoye — diz a capitã. — E *você* precisará demonstrar para mim com que pode contribuir para a missão. Você me acompanhará até os Estados Unidos, onde rei T'Chaka estará como convidado. Seremos seguranças dele. No entanto, temos que ser mais discretas. Sem uniforme de Dora Milaje. Podemos levar nossas lanças, mas elas devem permanecer discretas e ser usadas apenas quando for absolutamente necessário.

— Estou pronta, capitã — diz Okoye, tentando conter a empolgação.

— Ela nasceu pronta — acrescenta Ayo, sorrindo para a amiga.

— Muito bem, então. Sigam-me.

Okoye e Ayo entram em uma pequena sala onde uma série de roupas estranhas flutuam no ar, penduradas em fios invisíveis. Há vestidos de baile e roupas de ginástica, camisetas e jeans, tênis de várias cores e até maiôs que se distanciam completamente dos uniformes de Dora Milaje que cobrem cada centímetro do corpo. Um blazer, uma saia justa e um par de saltos pairam diante delas como se estivessem sendo usados por uma modelo, mas não há ninguém ali.

— O que é isso? — Okoye pergunta.

— Roupas sociais — diz Ayo.

— Bem, eu sei. Mas por que estão aqui?

— Por que não as experimenta para ver se são do tamanho certo? — a capitã pergunta. — Nós já sabemos que servem, mas precisa aprender a ficar confortável nessas roupas.

Em pouco tempo, Okoye está sem o uniforme e usando um blazer preto, saia lápis e sapatos de salto alto pretos.

— Quem eu devo ser? — ela diz.

— Uma estudante universitária. Uma supermodelo. Uma estagiária no palácio de Wakanda — diz Aneka.

— Qual dessas opções? — Okoye pergunta.

— Todas. Ao mesmo tempo! Estamos indo para os Estados Unidos, Okoye! — exclama a capitã. — Onde você pode ser tudo o que quer ser!

— Estados Unidos! — Okoye exclama, esquecendo todo o treinamento de Dora Milaje para manter as emoções sob controle. Ela não consegue evitar. Entrar para as fileiras das Dora Milaje já é um sonho mais do que realizado. Mas viajar aos Estados Unidos excede tudo o que ela poderia imaginar. Ela se recompõe depressa, pois estará em serviço mesmo fora das fronteiras de Wakanda. — Será muito emocionante. Mas não podemos fazer parte de um exército? Outro que não seja Dora Milaje? Acho que esse disfarce será a parte mais difícil desta missão, principalmente usando essas roupas.

— Você pode usar tênis com qualquer coisa nos Estados Unidos. Você poderia correr, lutar e chutar com eles e não estragaria o disfarce — diz Ayo enquanto observa Okoye tentando andar de salto. — Mas eu gosto dos saltos. Por que não usamos algo assim quando viajamos com o rei?

— Porque você era uma estudante na época, impressionada e distraída. Agora, Okoye, você será uma convidada diplomática. Não quer se parecer demais com as pessoas comuns.

Okoye e Ayo trocam sorrisos.

— Convidada de quem? — Okoye pergunta.

Capitã Aneka sorri misteriosamente.

— Há mais a lhe ensinar, guerreira. Vamos — diz ela.

Okoye logo se acostuma com a nova roupa, ainda sem saber os detalhes da missão. Enquanto os saltos dela estalam no chão de mármore do centro de treinamento, capitã Aneka faz um gesto para que ela e Ayo a sigam para outra sala.

Um pequeno grupo de outras Dora Milaje está sentado ao redor de uma mesa coberta com pratos extravagantes, taças de vinho e talheres de prata dispostos de forma elaborada.

— Uma refeição formal? A esta hora da manhã? — Okoye pergunta.

Capitã Aneka apenas puxa duas cadeiras para Okoye e Ayo enquanto as outras Dora Milaje as cumprimentam polidamente com acenos breves e sorrisos gentis, gestos estranhos vindos das companheiras guerreiras, que em geral trocam algumas animadas palavras em hauçá.

Okoye sente-se desajeitada ao redor da mesa. Claro, ela já esteve em jantares no palácio onde ficava de guarda próximo à porta enquanto o rei recebia convidados. Mas as Dora Milaje se revezam fazendo as refeições fora de vista, às vezes de pé do lado de fora dos aposentos dos servos, onde as refeições são preparadas, ou mesmo tarde da noite, depois de cumprirem seus deveres. Sentar-se ao redor de uma mesa como essa é um luxo.

— Não se sinta muito em casa — diz o capitã. — Suas irmãs guerreiras estão aqui para ajudar.

— Poderia nos dizer do que se trata tudo isso? — Ayo pergunta.

— Formalidades — diz a capitã Aneka, andando ao redor da mesa com as mãos para trás. — Cortesias e gentilezas. Todas vocês já viram de uma forma ou de outra como nosso amado rei recebe convidados, sejam outros membros da corte real, tribos e até mesmo aldeões humildes com um convite especial. Mas nosso rei não é tão fútil quanto as pessoas que encontrarão fora das fronteiras de Wakanda. Do outro lado do oceano, nos Estados Unidos.

O coração de Okoye dá um salto ao pensar em todas as aventuras que a aguardam naquele país estrangeiro, mas ela permanece calma para receber mais detalhes.

— Okoye, observe suas irmãs guerreiras conforme elas se servem enquanto conversam sobre amenidades. Por favor, lembre-se disto: guardanapo no colo, garfo de salada, garfo de mesa, faca, colher. Taça de água, taça de vinho. Entretanto, em algumas partes do mundo você é jovem demais para beber. Precisa esperar mais alguns anos.

— Ayo me contou que aos 21 anos será legal para nós bebermos nos Estados Unidos, mas, aos dezoito, já poderíamos ir para a guerra e seria esperado que matássemos nossos inimigos — comenta Okoye enquanto lança um olhar para Ayo, que apenas a olha com um aceno de entendimento. Logo, ela está imitando os gestos das Dora Milaje enquanto servem suas refeições, fazem perguntas estranhas sobre o clima e elogiam a comida estranhamente sem tempero que com certeza não é parte da comida tradicional de Wakanda, muito longe dos modos habituais de comer em tigelas de cabaça, às vezes com os dedos, porque o purê de inhame com molho picante exige isso.

— Não entendo, capitã — continua Okoye. — Estamos familiarizadas com os costumes estadunidenses. Sabemos como comer à mesa. Por que devemos participar de atividades tão frívolas?

— Não se trata de civilidade. Trata-se de diplomacia — diz capitã Aneka enquanto, com elegância, corta os vegetais em pequenos pedaços. — Okoye, estamos indo para Nova York!

Okoye quase engasga com um pedaço de alface.

— Nova York?

— Sim, a cidade mais rica dos Estados Unidos. Quase tanto quanto Wakanda, mas não esconde a riqueza dela do mundo. — Capitã Aneka estende a mão direita, onde uma única conta Kimoyo repousa na palma dela. A conta projeta um feixe de luz que se torna um holograma. Dentro das paredes iridescentes, surge a silhueta de uma árvore com a sigla ONNDPT. — O rei deve participar de várias reuniões diplomáticas e foi convidado por uma organização de renome internacional chamada Nenhuma Nação Deixada Para Trás. Eles têm contatado nosso rei há algum tempo e rei T'Chaka enfim cedeu. Uma mulher chamada Stella Adams fez um convite pessoal ao rei. Ele foi informado que sua ajuda é necessária para fazer algum bem pelo mundo, e você conhece nosso rei. Se é uma missão humanitária, ele não precisa de muito para ser convencido a deixar Wakanda, para no mínimo espalhar uma mensagem de esperança e paz.

O holograma muda para a imagem de uma mulher loira de braços cruzados sobre o peito. Ela tem um pequeno sorriso no rosto, mas há algo desconfortável no olhar dela — frio e penetrante. Ou pode ser apenas como os estadunidenses posam para fotos, de forma a mostrar ao mundo que têm poder e controle, até sobre as próprias expressões faciais. Não importa. Okoye apenas observa os detalhes do rosto dela para referência futura.

— Ele estará em perigo? — Okoye pergunta, olhando para Ayo, que quase não compartilhou nada sobre o breve tempo que esteve em Nova York. — Nós o protegeremos a todo custo.

— Ayo, você não instruiu sua irmã guerreira sobre como é o mundo fora de Wakanda?

— O que há para contar? A primeira e última vez que estive em Nova York, apenas segui você e o rei como um bichinho de estimação do palácio — diz Ayo em um tom estranho para Okoye.

— Nossa Majestade Real, rei T'Chaka, gosta de fazer uma aparição ao mundo quando sente que é necessário — capitã Aneka continua. — É importante que representemos Wakanda exatamente como o mundo acredita que somos: uma humilde nação africana disposta a estender sua graça às outras nações. Nada mais, nada menos.

— Bem, isso é verdade, não é? — Okoye pergunta. Ela pega um pedaço de pão para imergir no molho; do jeito que costumava comer purê de inhame e molho picante com as mãos, mas outra Dora Milaje afasta a mão dela com um tapa e gesticula para que use uma colher.

— Sim, mas não dirá uma palavra sobre o vibranium ou seu treinamento como Dora Milaje. Não queremos levantar perguntas a respeito de por que uma nação pequena e humilde como Wakanda precisaria de guerreiras poderosas como nós.

— Quando fui para Nova York — diz Ayo —, o rei me apresentou como sendo uma estudante.

— Não era uma mentira de todo — diz capitã Aneka. — Você era uma Dora Milaje em treinamento. De fato, uma estudante.

— Então, quais serão nossos papéis? — Okoye pergunta.

Um sorriso misterioso se espalha pelo rosto da capitã Aneka.

— Você pode ser o que quiser nos Estados Unidos. Se conseguir ser bem-sucedida em Nova York, conseguirá ser em qualquer lugar. É o que dizem. Mas, quanto aos seus deveres, deve ficar alerta o tempo todo, certificando-se de que nosso rei esteja seguro.

Acredito que ele estará em boas mãos como convidado. No entanto, temo que a cidade de Nova York tenha muitos ladrões, ou qualquer um que queira tirar vantagem de recém-chegados.

Okoye olha para Ayo com olhos curiosos e uma série de perguntas girando na mente dela. Ladrões em um lugar tão rico quanto Nova York? Seja qual for o caso, se isso faz parte dos deveres dela enquanto Dora Milaje, ela está mais do que preparada e disposta. Não há espaço para perguntas e dúvidas. Ela deve responder ao chamado e cumprir os desejos do rei com cada parte da própria alma de Dora Milaje.

CAPÍTULO 3

— É igualzinha à Wakanda — diz capitã Aneka, tranquilizando Okoye, cujos olhos estão percorrendo o movimentado aeroporto. — Apenas mais agitada e... menos civilizada.

Okoye resmunga, acelerando o passo para acompanhar tanto a capitã quanto o rei T'Chaka.

— *Bem* menos civilizado.

Fazia um mês desde que soubera da viagem, e Okoye passou esse tempo aprendendo o máximo possível sobre Nova York. Entretanto nada poderia prepará-la para a energia irrequieta e as pessoas rudes que mal sorriam.

— No entanto, não queremos ser desrespeitosas — diz Aneka. — Não julgue, não ridicularize. Apenas... tenha compaixão.

— Certo, *compaixão* — diz Okoye, erguendo a cabeça mais alto desta vez, enquanto os transeuntes esbarram nela sem se desculpar, encaram-na com olhos arregalados ou simplesmente a ignoram. Ela aprendeu a andar depressa com os sapatos de salto alto. A aula com capitã Aneka e as outras Dora Milaje está se mostrando bastante útil. Depois de alguns dias andando de salto alto e saia no

Centro de Treinamento Upanga, ela se sente confortável o suficiente para correr, pular ou chutar alguém na cara, se for preciso, e ainda parecer *profissional*.

Rei T'Chaka é um enviado especial para o Conselho Mundial de Ajuda Humanitária em Nova York. Capitã Aneka acompanhou o rei aos Estados Unidos diversas vezes, levando consigo Dora Milaje recém-treinadas. Okoye é a sortuda da vez e, embora esteja confortável nessas novas roupas sociais, ainda se incomoda com a peruca; um *chanel* que lhe cai bem, mas que lhe dá a sensação de ter uma hiena preguiçosa esparramada na cabeça. O cabelo quente e irritante roça nas maçãs altas do rosto dela. Okoye não quer nada além de se livrar dessas coisas estúpidas — da peruca, do terno, de tudo. Contudo ela está em missão. Ela é uma Dora Milaje, uma guerreira letal altamente qualificada. Disciplina, sacrifício e lealdade estão gravados em seus ossos wakandanos. Além disso, capitã Aneka está ali para mantê-la sob controle.

— E você não deve ficar tão rígida — diz Aneka. Os olhos dela estão fixos agora, vigiando tanto o rei quanto qualquer um que se aproxime dele. — Sorria, acene com a cabeça e seja educada.

— Rígida? — diz Okoye. — Capitã, estamos aqui para proteger nosso rei ou… desfilar numa passarela como modelos?

— Ah, sim! Modelos. Não seria tão ruim. Lembre-se, em nossa última visita aqui, nós éramos estudantes para eles.

— E você não negou isso? Não invocou o nome da Dora Milaje?

— Não. Não aqui. E você também não deve.

— Então quem nós *somos* aqui?

— Sou uma modelo de Wakanda. Quem você é?

Okoye diminui o passo o suficiente para perceber o olhar de soslaio de Aneka.

— Dora Milaje — ela murmura, no mesmo instante em que um assobio alto a força a se virar depressa para encontrar o olhar do responsável. Okoye está pronta para atacar, mas o homem apenas dá uma piscadinha para ela e sorri.

— Bem-vinda à América, docinho! — ele chama com uma voz rouca.

Okoye lança um olhar cortante e se afasta.

— Você deveria dizer *obrigada* — sussurra Aneka.

Contudo Okoye a ignora enquanto atendentes ajudam rei T'Chaka com a bagagem. Okoye se adianta para retomar as malas das mãos deles, mas Aneka a puxa pelo braço, impedindo-a de chegar mais perto.

— É o trabalho deles — diz.

— Então vamos apenas ficar ao lado do nosso rei e parecer... lindas?

Aneka a puxa para sussurrar no ouvido dela.

— Okoye, nós somos e sempre seremos Dora, não importa aonde formos. Lembra de quando eu disse que podemos ser qualquer coisa aqui? Eles podem nos chamar do que quiserem. Mas sabemos quem somos.

Okoye se afasta devagar mantendo os olhos no rei.

— Certo — ela murmura —, embora eu prefira ser uma guarda-costas a uma modelo. Mas ser estudante não seria tão ruim.

— Podemos ser guarda-costas *e* modelos *e* estudantes. Então, claro, se alguém perguntar, nós duas frequentamos a universidade, Universidade de Wakanda — diz Aneka, enquanto se apressa para acompanhar o rei.

— Universidade de Wakanda — Okoye repete baixinho enquanto se lembra de todos os amigos de sua aldeia que estavam começando as aulas enquanto ela começava o treinamento.

Rei T'Chaka e as duas Dora Milaje saem do aeroporto lado a lado, de cabeça erguida, com a dignidade e a força de todos os companheiros wakandanos, mas com a humildade de uma pequena e pacífica nação africana que veio compartilhar sua boa vontade com

27

o resto do mundo. A primeira parada será no centro de Manhattan para várias reuniões de planejamento e conferências.

Mas o salto de Okoye fica preso em uma rachadura na calçada no mesmo instante em que um vento forte leva a peruca dela, revelando a cabeça raspada e a tatuagem de Dora Milaje. Ela nem se abala. Apenas retira o pé do sapato preso e deixa a peruca voar na brisa fresca da cidade.

— É a vontade dos ancestrais — ela sussurra enquanto manca com um pé descalço até o SUV preto que se aproxima do meio-fio.

Somente quando ela já está sentada no banco de trás do carro é que capitã Aneka e o rei percebem a rebeldia dela. Aneka a encara do banco do passageiro enquanto rei T'Chaka, sentado ao lado dela, diz:

— Eu entendo, Okoye. Levará algum tempo para se acostumar. Tudo ficará mais fácil. Mas, por enquanto, disfarce-se!

— Sim, meu rei — Okoye diz baixinho, engolindo em seco e alisando a parte de trás da cabeça nua.

— Temos mais — diz Aneka sem olhar para ela. — Outros sapatos, roupas e perucas.

Um homem mais velho pula no banco do motorista depois de ajudar a carregar o porta-malas. Okoye o examina de perto, mas o homem apenas se vira, sorri e diz:

— Ouvi que precisam de sapatos, roupas e perucas. Vocês meninas devem ser supermodelos. São lindas!

— Sim, *supermodelos* — diz Aneka.

— E o senhor? — ele diz, virando-se para o rei. — Deve ser o empresário delas.

— Empresário? Eu sou o rei T'Chaka de Wakanda!

— Claro que é! Aquele pobre país. Tenho pena das pessoas de lá — diz o homem, e sai do aeroporto para a pista rumo a Manhattan.

Okoye se força a não olhar pela janela como uma turista embasbacada. Ela foi treinada para inspecionar cada carro que passa e seus passageiros. Aprendera a ler os olhos, rostos e corpos de qualquer pessoa que possa querer tomar a vida do rei. Ela observa o motorista de perto, da mesma forma que capitã Aneka faz.

Mas o céu e os prédios que passam, com seus tons cinza e marrom, linhas retas e ângulos agudos, estão seduzindo Okoye. Estar neste lugar é como se ela tivesse voltado no tempo. Ninguém ali conhece a majestade de Wakanda, e ninguém jamais poderia saber o poder que ela detém como nova integrante das Dora Milaje.

Capitã Aneka e as outras Dora disseram a ela que esta era uma missão especial. Ela foi escolhida para isso. Preparou-se para isso. Mas agora que está ali, é forçada a espremer seu verdadeiro eu em uma saia justa e saltos altos. Esta é a parte difícil, Okoye percebe.

Mas, como sempre, qualquer coisa por seu rei. Toda e qualquer coisa por Wakanda.

CAPÍTULO 4

— O Waldorf Astoria! — o motorista proclama quando estaciona diante da magnífica estrutura. — Adequado para reis e rainhas, ou supermodelos e seu empresário.

Okoye respira fundo, irritada com a ignorância do motorista sobre quem ela de fato é: uma Dora Milaje; um título que ela trabalhou tão duro a vida inteira para conquistar.

— Somos estudantes universitárias — diz ela.

— Ah, isso é bom — diz o motorista. — Ouvi dizer que as carreiras das modelos têm data de vencimento, então é melhor conseguir um diploma em algo útil.

Okoye balança a cabeça, pronta para corrigir o motorista. Mas Aneka gentilmente toca o braço dela, indicando que não fale mais nada.

— Obrigada pelo seu serviço — diz Aneka, um maço de dinheiro mão do motorista antes de deslizar para fora do banco do passageiro.

Quando Okoye sai para as ruas movimentadas do centro, o motorista assobia e ela se vira, sabendo que não há nada que ela possa fazer a não ser manter uma expressão calma e severa.

— Ei, querida! Onde posso encontrá-la de novo? Na capa da *Vogue*? Em um desfile da Victoria's Secret? — Ele sorri, revelando dentes amarelos e tortos.

— Sim! — Aneka responde depressa no lugar de Okoye. — Na capa da *Vogue*!

Capitã Aneka trouxe com ela vestidos de gala e casuais, algumas leggings, calças de moletom, camisetas e várias versões da mesma roupa: blazers cinza-escuros e pretos, sapatos de salto alto pretos e perucas. Este é o uniforme delas por enquanto; muito diferente das túnicas e calças vermelhas e ajustadas de guerreiras. Rei T'Chaka tem reuniões e jantares marcados para a noite, onde discutirá as glórias de Wakanda, uma nação africana humilde e empobrecida, cujo calor e hospitalidade encantam a qualquer um, além de recusar ajuda humanitária. Stella Adams pediu que ele compartilhasse histórias sobre o país. Eles participam de um coquetel no grande salão no andar térreo do hotel, em homenagem a todos os enviados especiais à missão humanitária: reis, presidentes, primeiros-ministros e chefes de estado de todo o mundo.

— Por favor, Dora Milaje, não pareçam estranhas a este lugar — diz rei T'Chaka. — Com certeza voltaremos a Nova York. Por enquanto, não fiquem tão próximas de mim. Circulem. Misturem-se. Conversem sobre o clima. Sejam… *diplomáticas*.

— Como quiser, meu rei — dizem Okoye e Aneka.

E elas seguem as ordens dele. Aneka é muito mais graciosa do que Okoye, pois frequenta regularmente esses eventos com o rei. No entanto, Okoye também foi bem treinada para se misturar em ambientes como esse. Ambas sorriem, acenam e riem de piadas sem graça como forma de diplomacia. Nada mais, nada menos.

Okoye beberica um copo de água com gás. Uma bandeja de canapés passa, e ela pega um pequeno sanduíche de pepino, segura-o entre os dedos. A coisa toda é pequena e delicada demais para satisfazer a fome dela.

Okoye nota uma mulher observando-a de soslaio. Ela permanece focada no rei, mas essa mulher também fisga a atenção dela. A mulher analisa Okoye, agita o vinho na taça, toma um grande gole e vai até ela.

Okoye apenas se vira para a mulher quando ela já está próxima por alguns longos segundos.

— Ei, mocinha. Você parece tão desconfortável quanto eu — diz a mulher. O sorriso dela brilha e os olhos estão fixos em Okoye.

— Desconfortável? — Okoye pergunta.

— Ou é jovem demais para estar aqui ou está entediada demais para se importar com isso. Ou as duas coisas. E esse sanduíche de pepino nem forra o estômago. Vou pegar um hambúrguer depois que for embora — diz ela, pegando o sanduíche de pepino de Okoye com delicadeza e jogando-o em uma lata de lixo próxima.

— Lucinda Tate. — A mulher estende a mão para Okoye apertar. — E ninguém, absolutamente ninguém, me chama de Lucy.

Okoye hesita, abaixa o copo e olha para T'Chaka, que está ocupado conversando em meio a um círculo de políticos e empresários. Já Aneka encontra o olhar dela e acena com a cabeça, uma gentil confirmação de que ela de fato deveria estar socializando com essa tal de Lucinda Tate.

Mas Lucinda retira a mão depressa.

— Peço desculpas. Wakanda, certo? Confesso que não conheço todos os costumes. Não parecem ser do tipo que apertam mãos e ficam de conversa fiada. Mas eu gosto de abraçar, se for assim que se cumprimenta em Wakanda.

Então Okoye estende uma mão rígida. Lucinda a pega e dá uma sacudida firme.

— Entendi. Você está sendo diplomática. Diplomacia é o nome do jogo aqui. Sorria, acene, aperte mãos e, quando virar as costas, parta para a guerra — diz Lucinda.

— Guerra? Achei que este era um evento relacionado a missões humanitárias — diz Okoye. Ela está disposta a conversar com esta mulher, mas pelo canto do olho, outra pessoa chama a atenção dela. A sala inteira parece respirar fundo quando uma mulher alta e loira desliza pelo chão e segue direto para rei T'Chaka. Okoye no mesmo instante reconhece Stella Adams, a mulher que ela viu por meio da conta Kimoyo. Aquela que convidou seu rei para ir aos Estados Unidos. Os olhos frios e penetrantes da mulher estão lá. Com certeza, não era necessário uma fotografia para capturar o poder e controle que tinha. Ela os exala, e todos parecem estar sob algum tipo de feitiço quando Stella Adams passa. É quase como se ela fosse a rainha do lugar.

— Sim, tudo pela paz e a humanidade, é claro. Mas a paz custa caro. Tenha cuidado com aqueles que estão sempre dispostos a pagar o preço mais alto — diz Lucinda, apontando o queixo na direção de Stella Adams. — Ela não perde tempo.

— É um prazer conhecê-la, Lucinda Tate. Devo cumprir meus deveres agora — diz Okoye, mantendo os olhos nesta nova mulher, no rei e em Aneka.

— Deveres? Ora, o que aquele seu rei manda você fazer?

Okoye não responde. Ela caminha até Aneka e se coloca quieta ao lado dela.

— Não fique perto demais — diz Aneka. — Ordem do rei. Volte e… misture-se.

Mas Okoye continua observando a mulher loira e alta sorrindo e conversando com rei T'Chaka.

— Stella Adams — Okoye pergunta. — Ela é quem está no controle, não é?

— Sim, ela mesma de acordo com a conta Kimoyo. E ela parece ter gostado do nosso rei. Ela já fez muito bem na cidade de Nova York.

— Então ela quer que rei T'Chaka ajude, ou o contrário? Uma senhora me disse para ter cuidado com ela.

— Diplomacia significa que eles ajudam um ao outro. Ela pode ser uma aliada, uma nova parceira de negócios, uma enviada especial a uma nação africana vizinha. Não é da nossa conta. Não há nada aqui que sugira que o rei está em perigo, Okoye. Agora vá.

Okoye suspira e se afasta de Aneka, andando de modo rígido pela sala. Ela não sabe exatamente como ser graciosa e cordial. Normalmente, teria a lança ao lado dela, mas essa não é uma situação normal. Este lugar não é a casa dela, não é Wakanda. Ela não é uma verdadeira Dora Milaje ali. Essa zombaria de si mesma, esse mascaramento da verdadeira identidade dela, não foi parte do treinamento.

— Aqui. — Lucinda aparece de repente ao lado de Okoye e lhe entrega um copo de líquido vermelho.

Okoye não pega o copo dela.

— É suco de oxicoco, a propósito. Ouvi seu rei dizendo que você é uma estudante — diz Lucinda. Ela coloca o copo cheio em uma mesa próxima e se aproxima de Okoye. — Vi você observando a mulher. O nome dela é Stella Adams. Uma magnata imobiliária. Essa foi de brinde. De nada.

Okoye se vira para encarar Lucinda.

— O que você quer?

Lucinda ri.

— Olhe em volta, irmã.

Okoye não se mexe. Ela não fez nada além de observar tudo e todos neste coquetel. Ela pode não saber os nomes das pessoas ou quais negócios elas têm aqui, mas sabe a que distância estão do rei, a linguagem corporal, a expressão facial e a energia que passam. Ela observou que Lucinda Tate é bem-intencionada, mas irritante.

— O que você quer? — Okoye pergunta mais uma vez.

— Um, dois e três — diz Lucinda, apontando para si mesma, Okoye, e depois para Aneka do outro lado da sala. — Somos as únicas irmãs aqui. Só estou tentando te ajudar, *irmãzinha*. Sabe, fazer uma conexão. Você me lembra alguns dos jovens com idade para frequentar a universidade do meu bairro.

Okoye observa Lucinda Tate ir embora. Sim, há apenas três mulheres negras nesta festa, mas nunca foi tarefa de Okoye fazer amizade com todas as pessoas negras de Nova York.

Alguém bate em uma taça de vinho com um garfo, chamando a atenção de todos. Um homem baixo e calvo caminha até o centro da sala. Em segundos, Stella Adams se junta a ele, e ela é bem mais alta e, claramente, bem mais nova também. Okoye sente um lampejo de desgosto quando percebe que Lucinda não precisava dizer a ela para ter cuidado com aquela mulher, porque Okoye já tinha tais suspeitas, mas ela disse mesmo assim. O fato de Stella ser uma magnata imobiliária se destaca na mente dela enquanto a mulher não tira os olhos do rei T'Chaka. Capitã Aneka disse que, de acordo com a conta Kimoyo, ela fez muitas coisas boas. Mas esta dona Lucinda plantou uma semente de dúvida na mente de Okoye.

O homem baixo e calvo segura a mão de Stella.

— Minha adorável esposa e eu gostaríamos de agradecer a vocês, a todos vocês, por se unirem a nós esta noite. Seu trabalho pelo mundo é tão valioso quanto o nosso aqui na cidade. Vocês são nossos olhos e ouvidos em outros países. Conseguem enxergar mais em suas respectivas nações. Podem ouvir os sussurros e rumores. Portanto, consideramos cada um de vocês um colaborador valioso para o crescimento das Organizações Nenhuma Nação Deixada Para Trás. Convidamos todos aqui para passar uma semana com a ONNDPT e ver o bem que estamos fazendo em nossa cidade. E, com seu apoio, esperamos expandir esse bem para seus respectivos países. — Ele ergue o copo e um largo sorriso se espalha pelo rosto dele, fazendo os pelos do bigode e da barba ficarem em pé.

— Um brinde à elevação da humanidade e à salvação do mundo, uma nação por vez!

Todos erguem um copo, incluindo a capitã Aneka e o rei. Quando Okoye encontra o copo de suco de oxicoco em uma mesa próxima, o brinde já acabou.

À medida que a festa continua, Stella deixa o marido para voltar à conversa com rei T'Chaka.

Okoye se aproxima de Aneka e pergunta:

— O que acha que ela quer com o rei?

Aneka suspira.

— São negócios, Okoye. Negócios. Ou contato. Não vê que o rei está sorrindo e se divertindo? Isso são férias para ele. Não estrague tudo.

Mas é para isso que Okoye treinou. Há algo naquela mulher loira que muda o ar da sala. O marido tem poder como chefe das Organizações Nenhuma Nação Deixada Para Trás, mas é a esposa quem chama a atenção. É como se Stella Adams estivesse puxando as cordas das marionetes durante toda essa performance. Okoye sente isso nos próprios ossos.

Os convidados estão terminando as últimas taças de vinho e deixando a festa quando Okoye alcança Lucinda.

— Obrigada — diz ela, tocando com delicadeza o braço da mulher.

Lucinda se vira para ela e diz:

— Pode me agradecer convencendo seu rei a vir para a cerimônia de inauguração do nosso novo centro comunitário em Brownsville amanhã. Já convidei todos nesta sala, menos ele. Ele está cercado por uma muralha de investidores gananciosos e políticos sem vergonha.

— Posso fazer isso. Mas primeiro, por que está aqui? — Okoye pergunta.

— Sou vereadora de um dos distritos esquecidos do Brooklyn, Brownsville. Terra sem homens brancos, o canto do mundo para onde pessoas pobres e da classe trabalhadora foram empurradas para abrir caminho para as pessoas desta sala, e outras como elas, nos distritos ricos do Brooklyn. Sabe, acho que você descobrirá muitas semelhanças entre Wakanda e Brownsville. Apenas… venha dar uma olhada. As crianças adorariam conhecer alguém da África. E talvez você possa aprender uma coisa ou duas sobre Brownsville, o verdadeiro Brooklyn, e não a versão que mostram na TV e nos filmes. Eles não sabem muito sobre Wakanda, mas talvez possa ensinar algo a eles.

Okoye estende a mão para ela e diz:

— Eu sou Okoye.

— Obrigada… irmã — Lucinda diz, pegando a mão de Okoye e dando-lhe uma sacudida firme.

— Capitã, acho que devemos aceitar o convite de Lucinda Tate. Ela falou comigo pessoalmente, me chamou de "irmãzinha" e ressaltou que havia apenas três de nós lá. Aquele coquetel não era nada parecido com o mercado de sábado de manhã em Wakanda, onde tudo o que vemos é pele marrom-escura — diz Okoye a Aneka no dia seguinte, enquanto se vestem para a próxima série de reuniões e conferências.

— Temos uma festa de gala esta noite no Museu do Brooklyn — diz Aneka. — Não sei se o rei pode incluir uma visita a…

— Brownsville. Essa mulher diz que é como Wakanda. Talvez possamos aproveitar um pouco de algo parecido com nossa casa enquanto estamos aqui.

Aneka se aproxima para encarar Okoye diretamente.

— Ordens — diz ela. — *Nós* devemos seguir as ordens do rei. E eu dou ordens a você, não o contrário. Além disso, esses estadunidenses têm uma ideia muito diferente de Wakanda nas mentes deles. Deduzo que não será nada como nossa casa.

Okoye inala, encara Aneka e diz:

— É uma oportunidade de fazer contato, como você disse. Ela pode ser uma… aliada. Talvez seja uma conexão que o rei possa cultivar fora do que quer que Stella Adams tenha em mente para ele.

— Você é persistente, Okoye. Está bem. Deixo você ganhar essa. Vou mencionar ao rei — diz Aneka, olhando para Okoye. — No fim das contas, depende dele.

O vestido longo de lantejoulas que Okoye tem que usar para este evento de gala é ainda mais sufocante que o terninho. A fenda alta ao longo da perna direita oferece um pouco mais de flexibilidade, mas a coisa toda é tão apertada que ela não sabe se conseguiria lutar enquanto a usa. Capitã Aneka estava errada. Esta não é uma missão especial. Isso são férias. Não é de admirar que o rei esteja sempre sorrindo. Ele é adorado aqui, como um professor favorito ou um avô amoroso. Eles não conhecem o verdadeiro rei, um homem corajoso e sábio, um estrategista feroz que lidera Wakanda com severidade e amor.

— Ah! Brooklin! — o rei T'Chaka entoa enquanto eles olham através das janelas escuras da parte de trás de um SUV que saía da ponte do Brooklyn e seguia pela Flatbush Avenue. Pedestres passeiam pelas calçadas lotadas, prédios reluzentes e imponentes projetam sombras nas ruas largas, e música de todos os tipos ecoa de carros e janelas.

— Lembra tanto Wakanda.

— Apesar dos muitos colonizadores — diz Okoye, nada impressionada.

— Você está certa — diz o rei T'Chaka. — Mas é a mesma energia, certo?

Em apenas minutos e algumas curvas, a paisagem do Brooklyn com condomínios elegantes e fileiras de majestosas casas de arenito se transforma. Em um piscar de olhos, alguns dos prédios, casas geminadas e vitrines parecem ter sido saqueados e bombardeados. Janelas quebradas ou apenas buracos nas paredes sem vidro algum pontilham as fachadas de lojas e casas. Pilhas de saco de lixo pretos estão jogadas nas esquinas. Sirenes, muitas sirenes, ecoam acima das copas esparsas das árvores ao longo da Pitkin Avenue.

— Há menos colonizadores aqui, não acha? — Aneka pergunta, olhando para Okoye.

— Ainda estamos no Brooklyn? — rei T'Chaka questiona.

Okoye discretamente retira uma conta Kimoyo da pulseira e a segura na palma da mão enquanto um holograma de um mapa aparece e uma seta mostra sua localização.

— Sim, ainda estamos dentro das fronteiras — Okoye responde e guarda a conta, depois olha pela janela do carro para as pessoas que estão paradas, andando, balbuciando ou correndo.

Okoye pisca várias vezes para ajustar os olhos à ligeira mudança na atmosfera. Um brilho fraco no ar faz com que pareça que estão entrando em uma bolha de fumaça vermelha. Ela olha para a capitã, que parece estar tão perplexa com a estranha vista quanto ela.

— Está vendo isso? — Okoye sussurra para Aneka.

Aneka apenas franze a testa e acena com a cabeça.

O SUV estaciona em frente a um prédio amplo e recém-re-formado que se destaca no meio de um terreno vazio com cercas. Uma longa fita vermelha está amarrada a portas duplas de vidro e, ao lado, está Lucinda Tate usando jeans, tênis e uma camiseta verde onde se lê *Uma árvore cresce em Brownsville*.

Hesitantemente, Lucinda se curva e cumprimenta:

— Vossa Majestade!

— Por favor — diz rei T'Chaka enquanto sai do veículo. — Não há necessidade disso, senhorita, uh… Receio não saber seu nome.

Lucinda caminha até o rei e estende a mão.

— Lucinda Tate e...

— Ninguém nunca a chama de Lucy — Okoye diz, terminando a frase.

— Bom vê-la de novo, Okoye. E você é...

— Aneka.

— Aneka. Prazer em conhecê-la.

— Onde estão os outros? — a capitã pergunta, olhando ao redor para o quarteirão vazio. Poucos carros passam. Um velho está sentado em um caixote virado na frente de uma loja de esquina próxima com luzes piscando quebradas.

Lucinda começa a retorcer as mãos, inspira, molha os lábios e diz:

— Eles devem estar atrasados. Eu recebi confirmações de presença de... — Ela suspira. — Por que não começamos? As crianças estarão aqui a qualquer minuto.

— Por favor, conte-me mais sobre este centro comunitário — diz o rei T'Chaka.

— Bem, este edifício é a estrutura mais moderna que conseguimos construir aqui em Brownsville. Sabe, com muitas pessoas se mudando e as casas sendo destruídas, todo o dinheiro dos impostos está indo para outras regiões. As escolas estão fechando, as empresas estão indo embora. Eu queria que este lugar fosse um farol de esperança do que o futuro pode ser para essas crianças. Vamos oferecer aulas e oficinas...

Antes que Lucinda possa terminar, um trompete soa ao longe de repente, seguido por um bumbo. Logo uma banda marcial tocando uma música familiar surge: adolescentes em uniformes azuis e brancos carregando grandes instrumentos viram a esquina e seguem até o prédio. Uma fileira de seis garotas vestindo collants azul-celeste e botas brancas dançam e giram bastões.

Okoye balança a cabeça involuntariamente ao som da música, mas, assim que os adolescentes chegam à frente do prédio, a música diminui até parar completamente. Os membros da banda abaixam seus instrumentos e encaram Okoye, Aneka e rei T'Chaka.

— Chegamos cedo demais? — pergunta uma garota segurando um trompete ao lado do corpo. — Você disse que todo mundo estaria aqui.

— Não, não, não! Não parem a música. É uma celebração! — Lucinda diz, correndo até a banda e gesticulando para que continuem tocando.

No entanto, outra garota na frente da fileira de dançarinas ergue a mão em direção à banda.

— Não! Não vamos nos apresentar para um público de... — Ela olha Okoye, Aneka e o Rei T'Chaka de cima a baixo. — Três de seus amigos.

— Lucinda, pensei que você tinha dito que um monte de gente estaria aqui. Você disse que reis e presidentes viriam para a inauguração. Mas você pediu pra duas de suas primas e seu tio se arrumarem, só para não nos sentirmos mal? Isso é errado, Lucinda — diz a trompetista.

— Não, não, esperem! — diz Lucinda. — Estes não são meus amigos ou primos ou qualquer outra coisa. Eu quero que vocês conheçam o governante da grande Wakanda, rei T'Chaka, e suas... hum...

— Modelos — diz Aneka.

— Guarda-costas — Okoye a corrige.

— Modelos guarda-costas? — a menina pergunta. — Você está dizendo que esse homem crescido é protegido por essas duas adolescentes?

Okoye e Aneka trocam olhares. Então Aneka diz:

— Somos estudantes em treinamento para ser guarda-costas, sim. E... ganhamos algum dinheiro como modelos.

Okoye franze a testa para Aneka, mas sabe que não deve questionar sua capitã na frente de estranhos. O rei não parece se importar com a pequena mentira, de qualquer modo.

— Em qual parte do Brooklyn fica Wakanda, afinal? — um menino pergunta, indo até Okoye com o bumbo abrindo caminho diante dele.

— Ah, Wakanda é uma bela nação africana com algumas das pessoas mais gentis do mundo — diz rei T'Chaka, aproximando-se do garoto. — Você seria um grande percussionista lá. Em Wakanda, quem bate o tambor é poderoso porque controla o som, que controla a multidão.

— Tá, tanto faz. Você tá tentando nos expulsar do nosso bairro como todo mundo? — o menino pergunta. — Não quero ir para Wakanda, vou ficar bem aqui em Brownsville.

— E o que Wakanda vai fazer por Brownsville, afinal de contas? — uma das dançarinas pergunta.

Tanto Okoye quanto Aneka rapidamente se colocam na frente do rei como se a garota fosse uma ameaça.

— Está certo, pessoal — Lucinda interrompe. — Olha, eu não vou colocar panos quentes por vocês. Foram eles que apareceram, e quero que todos vocês demonstrem algum respeito.

— Não há necessidade de repreendê-los, Lucinda — diz o rei, com delicadeza gesticulando para as Dora Milaje se afastarem. — Por favor, mostre-nos o centro comunitário que estamos celebrando. Eu lhe darei minha bênção para que possamos seguir nosso caminho.

— Bênção? Queria mesmo outra palavra que começa com "b" e termina com "ão", e que você pode escrever num cheque. — diz a trompetista. Os outros começam a retirar seus instrumentos para colocá-los no chão.

— Rei T'Chaka, temos o prazer de abrir nosso centro comunitário que foi totalmente reformado — diz Lucinda enquanto puxa uma tesoura de uma caixa próxima. — Trabalhamos muito para conseguir isso. Com todas as escolas fechando e as crianças sendo mandadas para outros bairros, este centro comunitário pode trazer alguma esperança de volta a Brownsville. E talvez, com mais algum financiamento da cidade e um doador generoso, possamos adicionar uma biblioteca e trazer alguns conselheiros. Compraremos alguns suprimentos para fazer murais, apresentações e noites de jogos em família. Brownsville vai ganhar vida de novo.

Mas Okoye e Aneka mais uma vez se interpõem entre ela e rei T'Chaka antes que ela possa entregar a tesoura para ele. Aneka pega a tesoura de Lucinda.

— O que está pensando em fazer com isso? — ela pergunta.

— Acho que vocês duas são guarda-costas mesmo, hein? — Lucinda comenta. — Rei T'Chaka, adoraríamos que fizesse as honras de cortar a fita.

— Não, não *adoraríamos* que você fizesse as honras — diz a garota com o trompete. — Lucinda, onde estão as pessoas endinheiradas? Esse prédio precisa de mesas, cadeiras e computadores… Este rei não parece ter esse tipo de dinheiro.

Okoye começa a falar algo para defender a honra do rei, mas não há nada a dizer. Não há lugar para a verdade aqui — que Wakanda tem seus próprios bancos, seu próprio dinheiro, seus próprios recursos, de modo que o que quer que essas crianças queiram, Wakanda é capaz de fornecer dez vezes mais.

Um ronco começa à distância, e Okoye olha para trás e vê uma pequena multidão se formando na calçada e na rua. Os moradores locais se reuniram para a cerimônia, mas pelos olhares nos rostos deles, fica claro que esta não é a comemoração que esperavam.

— Onde estão todos aqueles políticos que você prometeu, Lucinda? — alguém pergunta da multidão.

Rei T'Chaka se vira para a multidão e diz:

— Eu sou o rei de Wakanda. Obrigado, Brownsville, por sua calorosa hospitalidade.

— Wakanda? Wakanda não tem dinheiro! — outra pessoa grita.

O barulho da multidão cresce em um coro de vaias e insultos. As crianças da banda começam a se afastar para se juntar à multidão.

— Rei T'Chaka, vamos continuar. Sei que você tem compromisso — Lucinda implora. — Dê-nos a honra de cortar esta fita.

O rei hesitantemente pega a tesoura gigante, mas, antes que possa cortar a fita, alguém grita da multidão:

— Saiam daqui, seu bando de africanos sujos! Vocês não podem nos ajudar!

— Ah! — Okoye exclama, saltando em direção à multidão com um punho cerrado e os olhos correndo em busca do responsável.

— Ei! — Lucinda se coloca na frente de Okoye. — Relaxe. Não quero que saia ferida.

Okoye ri.

— Ferida por quem? — ela diz.

Mas Lucinda já se afastou e a multidão começa a vaiar ainda mais alto. Okoye relaxa a postura enquanto Aneka pega a tesoura das mãos do rei e a entrega para Lucinda. Aneka gesticula para o rei voltar para o veículo, onde o motorista estava sentado com as portas trancadas.

Okoye vê as duas garotas da banda marcial, uma com os braços cruzados olhando direto para Okoye, a outra com um fluxo de lágrimas escorrendo pelo rosto. O coração de Okoye afunda. Ela engole em seco para se controlar e segue o rei e Aneka de volta ao caminhão.

— Rei T'Chaka — Lucinda chama. — Eu realmente sinto muito por isso. Precisa entender. Estamos desesperados por ajuda aqui, e vocês foram os únicos que apareceram. Estávamos esperando um exército de…

Mas a porta do SUV se fecha antes que Okoye, Aneka e o rei possam ouvir o que Lucinda tem a dizer. Alguém atira alguma coisa na janela, e depois outra. O coro de vaias os segue para fora de Brownsville.

— Que perda de tempo — diz Aneka. — Nunca foi tão desrespeitado, meu rei.

Okoye se vira para dar uma última olhada naquela rua em ruínas de Brownsville e na multidão à distância. O novo centro comunitário, com suas janelas brilhantes e projeto futurista, contrasta de forma gritante com tudo ao redor. Um parque próximo acrescenta um trecho de folhagem verde ao marrom e cinza dos edifícios. Uma das garotas ainda está de olho no carro, e é quase como se ela ainda pudesse ver Okoye também, como se quisesse ir junto com eles ou como se não quisesse que fossem embora.

— Meu rei, está bem? — Okoye pergunta.

Rei T'Chaka acena com a cabeça.

— Vou ficar bem — diz ele. — Qual é o nome desse lugar mesmo?

— Brownsville — Okoye diz suavemente. — Brownsville, Brooklyn.

Ela tem que ajustar a vista mais uma vez conforme o brilho vermelho no ar começa a se dissipar, como se tivessem acabado de sair de um nevoeiro. Enquanto atravessam outras partes do Brooklyn, fica claro para Okoye que Brownsville se parece com Wakanda. Algum tipo de força mantém a área isolada, ou talvez em perigo. Não importa. Isso não é da conta de Okoye. Pelo menos, ela conseguiu ver uma parte bem escondida desta cidade, então agora é uma Dora Milaje muito mais sábia e viajada. Tal qual capitã Aneka. Ou quase.

CAPÍTULO 5

— Não devia ter nos levado lá — diz capitã Aneka quando chegam ao Museu do Brooklyn.

A enorme estrutura se espalha por um quarteirão inteiro, e a fachada é uma mistura da Europa do Velho Mundo, com sua arquitetura romana, e do Brooklyn do Novo Mundo, com a entrada de vidro e apresentações de bandas ao ar livre. Lá dentro, vários convidados foram cumprimentar o rei com sorrisos e apertos de mão. Okoye e Aneka seguem alguns metros atrás, vigiando tudo como de costume.

— Como eu poderia saber, capitã? Pelo menos aquela mulher foi muito gentil — responde Okoye.

— Ninguém aqui é gentil desse jeito, Okoye. Ela queria algo de nós.

— Ah! Então você concorda comigo. Não confia em Lucinda Tate da mesma forma que eu não confio em Stella Adams.

— Stella Adams não colocou o rei em perigo — sussurra Aneka.

— Ainda. Não colocou o rei em perigo *ainda*.

— Pare, Okoye. Esta viagem inteira está sendo paga por Stella Adams em nome da ONNDPT. Ninguém aqui pretende prejudicar o rei — Aneka diz com os dentes cerrados.

— Não importa onde estejamos no mundo, sempre seremos Dora Milaje — diz Okoye, baixando a voz para um sussurro. — Mas aquele lugar… Peço desculpas por levar o rei até lá.

— Bem, ele não foi ferido — diz Aneka. — Mas Brownsville não é tão diferente das favelas de Soweto ou de Lagos.

— Mas em Wakanda as crianças demonstram respeito — diz Okoye. — Foi assim que fui educada na aldeia, respeitando os mais velhos e nossos pares e, acima de tudo, a realeza.

— Quantas vezes devo lhe dizer, Okoye? Aqui não é Wakanda. Os Estados Unidos nunca poderiam ser Wakanda.

— Isso é óbvio — Okoye murmura. — Mas o que acha daquela atmosfera vermelha, capitã? É como se houvesse algo mantendo aquele lugar separado do resto da cidade.

— Quem sabe, Okoye — diz a capitã. — Poluição do ar. Barulho demais. Pessoas demais. Não é nossa responsabilidade.

Capitã Aneka se afasta para conversar um pouco com os convidados. Okoye está prestes a se juntar a ela, mas vê a loira alta de canto do olho. Stella Adams está usando um longo vestido preto justo e o cabelo loiro descolorido está preso em um coque elegante. Os lábios dela estão pintados de vermelho-sangue e está com os olhos grudados no rei. Novamente.

Okoye acelera o passo para alcançar o rei antes que Stella o faça, mas Aneka coloca o braço na frente dela. Okoye olha para o braço da capitã e depois para ela.

— Para que isso?

— Estou acompanhando nosso rei nesta linda festa — diz Aneka. — Vou me misturar, sorrir e rir de piadas tolas. E você vai pegar um táxi de volta para o hotel para se distrair um pouco. Irá se juntar a nós pela manhã. Por favor, Okoye. Faça isso por você e por nós. Sei como se sente. Já fui nova neste lugar e tive que me adaptar muito depressa. Tire esta noite de folga. Vá para a academia. Aproveite a jacuzzi. Assista à televisão estadunidense. Qualquer coisa.

— Então, são férias afinal de contas? — pergunta Okoye.

— É uma viagem humanitária — diz Aneka. — Seja humana consigo mesma primeiro.

Okoye suspira e gira em direção à entrada, ergue a barra do vestido e, assim que sai do museu, tira os saltos e os leva na mão enquanto caminha até o meio-fio. O concreto é frio e liso sob os pés descalços, ao contrário da grama espinhosa, do solo úmido e das estradas rochosas de sua infância em Wakanda.

Ela sente o ar do fim da primavera quente contra a pele marrom-escura, e o céu noturno traz a promessa de uma lua cheia e de estrelas cintilantes pouco visíveis. As ruas estão cheias de corpos se movendo, e carros brilhantes formam uma fila em frente ao museu buscando e deixando pessoas em smokings e vestidos. Okoye para, relaxa os ombros e inspira o ar do Brooklyn, cheio de histórias e verdades não ditas. Como Dora Milaje, ela aprendeu a ler tudo sobre o espaço e as pessoas ao redor. Então ela olha além das pessoas elegantes que vão a uma festa de gala para arrecadar dinheiro para pessoas pobres e lugares destruídos ao redor do mundo, e vê as pessoas pobres e lugares destruídos bem ali na cidade de Nova York, bem ali no Brooklyn, e bem naquela ampla e movimentada rua chamada Eastern Parkway.

Ela vê um casal próximo em um passeio e pergunta:

— Com licença, qual é a distância para chegar a Brownsville?

— Brownsville? — a mulher pergunta. — Nunca ouvi falar.

Ela é pequena, com os cabelos num corte Joãozinho e grandes olhos verdes.

Por um segundo, Okoye se pergunta se esta Brownsville é invisível para algumas pessoas da mesma forma que a verdadeira Wakanda é desconhecida para as nações africanas vizinhas. Ela desce alguns quarteirões até ver um grupo de adolescentes na frente de uma loja de esquina na Franklin Avenue. O bairro é diferente aqui; não exatamente igual a Brownsville, mas mundos à parte do baile de gala no museu. Ela para na frente deles, encarando.

— Festa errada, rainha — diz uma garota do grupo. — Você parece uma Cinderela Negra falida que fez uma curva errada.

— Faliderela! — um garoto chama, e todos riem.

O calor sobe da boca do estômago de Okoye até a cabeça, fazendo-a sentir como se estivesse prestes a explodir. Cada músculo do corpo dela está lhe dizendo para defender a própria honra, e com certeza estaria no direito de fazê-lo. Esses jovens têm a idade dela. São seus iguais e estão ali rindo dela. Esta não é uma ameaça real, como capitã Aneka garantiria. Mas ainda assim, ela sente o calor da raiva se acumulando no topo da cabeça, então arranca a peruca para se refrescar.

— Ah, caramba! Está mais para Carecarela! — o menino diz, e eles riem ainda mais alto e com mais vontade. — E qual é a dessas tatuagens todas?

— Vocês não têm boas maneiras? — Okoye grita acima das risadas.

Eles se aquietam.

— Maneiras? De que planeta você veio? — uma garota pergunta.

— Um planeta não, mas uma nação. Wakanda — responde Okoye.

Eles riem ainda mais.

— Você está muito longe de Wakanda, irmã.

— Então, qual é a distância para chegar a Brownsville? — Okoye pergunta.

— Brownsville? Você está tentando ir para Brownsville vestida desse jeito? — o menino diz. — Mais fácil voltar para Wakanda, Carecarela.

Okoye se aproxima.

— Eu já estava em Brownsville, e as crianças de lá são como você.

— É claro que são como nós. Eles são negros, nós somos negros, você é negra. Mas é diferente lá. Eu tenho primos de Brownsville e, desde que começaram a usar aquela droga, as coisas nunca mais foram as mesmas — diz o menino.

Okoye se aproxima.

— Droga?

— Chega pra trás, Carecarela — diz a garota. — Você está chegando perto demais, e parece que está doidona. Provavelmente é por isso que está indo para lá pra começo de conversa, para conseguir um pouco daquele Êxtase.

Outra garota a silencia, e eles começam a olhar em volta como se esperassem algo ou alguém.

— Você está de brincadeira com a minha cara? — a menina diz. — Ela poderia ser...

Os adolescentes congelam por um momento, encarando Okoye por um longo segundo. Então, devagar, começam a se afastar da loja e se dispersam, deixando Okoye parada ali usando um vestido de baile, segurando os saltos altos em uma mão e a peruca na outra.

— Qual é a distância até Brownsville? — Okoye chama mais uma vez.

Nenhum dos jovens responde. Okoye começa a se afastar, mas um velho, vestindo roupas esfarrapadas e tênis gastos, sentado em um caixote de plástico virado, diz com uma voz rouca:

— Não mencione aquele PiroÊxtase aqui.

— PiroÊxtase? — Okoye pergunta.

— O que acabei de dizer? Você está tentando *não* voltar para Wakanda ou seja lá de onde você veio?

Okoye pisca várias vezes, tentando dizer a coisa certa. Aqui, ninguém é direto. Ninguém fala o que quer dizer e nem quer dizer o que fala. O crepúsculo está pouco a pouco se transformando em noite e as ruas estão ficando mais barulhentas.

— Brownsville — ela sussurra, apenas para o caso de essa palavra ser proibida também.

— Linha três até a última parada — diz o velho, e abaixa a cabeça como se de repente tivesse adormecido.

— PiroÊxtase — Okoye sussurra para si mesma enquanto segue para a estação de trem com os saltos fazendo aquele barulho irritante. Ela olha ao redor, imaginando se esse PiroÊxtase é um tipo especial de planta que aumenta o poder como a erva-coração. Uma droga, eles a chamam.

CAPÍTULO 6

Brownsville é como um ímã. Okoye sente a forte atração a puxando para aquele lugar, mesmo quando tudo em sua alma está lhe dizendo para ficar quieta, descansar e se preparar para o próximo dia ao lado do rei T'Chaka e de capitã Aneka. Não importa. Aneka lhe disse para tirar uma folga esta noite e é assim que ela quer aproveitar a dispensa: entendendo por que aquelas crianças reagiram daquela maneira na inauguração. Há uma agitação na barriga dela, dizendo que algo estava errado, e ela quer descobrir exatamente o quê. Os instintos de Dora Milaje estão dando um nó nos nervos de Okoye, e ela tem que seguir esse sentimento inquietante sobre Brownsville.

As pessoas estavam esperando algo diferente lá, mais grandioso. Okoye quer que elas saibam que Wakanda tem tudo o que poderiam querer. Claro, ela deve ser discreta ao revelar o que Wakanda é de fato para esta pequena parte do mundo, mas tem que haver outra maneira de dar alguma esperança a essas pessoas, a essas crianças. Talvez seja suficiente que ela volte para deixá-los saber que alguém se importa — que ela se importa.

Ainda usando o vestido de gala e com os saltos de volta aos pés, estalando a cada passo, Okoye não se senta no metrô; ela fica em pé, sem sequer segurar uma barra de apoio. Ela chegou até ali mesmo sem ter o que eles chamam de cartão de metrô e tendo que pular uma catraca de vestido e salto alto. Precisou perguntar a várias pessoas como chegar à linha três. A parte mais desafiadora deste passeio são os homens que encaram, lançam piscadelas e sorriem demais para ela. As pessoas no trem são de todas as raças, formas e tamanhos, e parece que o mundo inteiro está representado neste único vagão de metrô. A maioria delas parece gentil ou simplesmente cansada e distante. Outras são rudes e gesticulam para ela de uma forma que seria impensável em Wakanda. Se ao menos ela pudesse empunhar sua lança, uma vez que fosse, nunca mais colocariam os olhos nela. Mas o pior é o que ouve e vê dos jovens da idade dela; adolescentes que parecem dominar toda a cidade com sua alegria, risadas, brincadeiras, provocações e insultos.

— O que está olhando? — uma garota de vestido curto e tênis, em pé com um grupo de adolescentes, fala para ela.

— Você. Estou olhando para você — Okoye diz com firmeza, os olhos fixos na garota.

— Cuidado. É melhor não dar trela — diz uma mulher em um assento próximo, advertindo Okoye.

O grupo se aproxima de Okoye como uma unidade, encarando-a sem dizer uma palavra.

— O que vai fazer? Pode encarar. Não me assusta — diz Okoye.

— Ai caramba, lá vamos nós — diz a mulher, e se afasta do drama que se aproxima.

— Ela está falando sério? — a menina pergunta aos outros adolescentes. — Essa careca não disse…

— Espera aí — diz outra garota vestindo uma jaqueta jeans e boné de beisebol. — Eu já vi você antes.

Okoye recua um pouco, sabendo que sem a peruca ela deveria ser irreconhecível para qualquer um que a tenha visto em eventos com o rei, mas ela também reconhece a garota. Era a que estava com o trompete — a que ficou mais decepcionada ao ver Okoye naquela tarde.

— Você veio a Brownsville para cortar a fita.

— Bem, não, eu não ia cortar a fita. Mas sim, eu estava lá.

— Você conhece Lucinda Tate?

Okoye faz uma pausa por um longo segundo. Então responde:

— Sim.

— Então, deixem ela em paz — diz a garota, gesticulando para os amigos se afastarem.

O grupo recua, relutante, sem tirar os olhos de Okoye.

O trem começa a desacelerar e o condutor anuncia que estão em Sutter Avenue e Rutland Road. As portas se abrem para uma visão elevada de Brownsville. Os trilhos do trem estão bem acima dos prédios e árvores ali, e a placa diz "New Lots Avenue". O grupo sai correndo, rindo e gritando uns com os outros ainda mais alto, e as vozes ecoam pela plataforma quase vazia do metrô acima do solo.

Mas a garota de jaqueta fica.

— Se está procurando por Lucinda, o escritório dela fica a poucos quarteirões da estação de metrô na Pitkin Avenue — ela diz. — E se está querendo um emprego no novo centro comunitário, ela não vai ter dinheiro para pagar você, e é provável que ele seja incendiado na próxima semana. Mas se estiver procurando por outra coisa, vou estar por aí.

A menina começa a correr para alcançar as amigas.

— Espere! O que você quer dizer com *incendiado*? — Okoye pergunta.

A garota para, se vira e volta até Okoye.

— Tá. Vem comigo. E não seja muito intrometida. Apenas fique na sua, certo?

Okoye assente, aliviada por ter alguém para acompanhá-la, e definitivamente não porque está com medo, e com certeza não vai ficar na dela. Essa garota anda pelas ruas com o nariz empinado, as mãos nos bolsos da jaqueta e dando passos rápidos e largos como se fosse a dona do lugar. O cabelo trançado está preso no alto da cabeça, e os olhos parecem ter visto demais e saber demais para a idade dela. Okoye apenas a observa, certificando-se de não falar nada cedo demais, o que faria a garota abandoná-la. Talvez tenha uma aliada.

O sol está quase se pondo, deixando o estranho brilho vermelho ainda mais visível. Essa vermelhidão com certeza não estava em nenhum lugar ao redor do museu ou perto do hotel no centro. Brownsville com certeza tem uma atmosfera própria. Okoye funga e estende a mão no ar, cogitando se essa vermelhidão é algo que ela também pode cheirar e tocar. Parece que a garota não a percebe, ou talvez esteja acostumada. Mas Okoye dará algum tempo a ela antes de fazer qualquer pergunta.

Também é mais quente ali, como se a cor vermelha fosse resquício de uma labareda. Postes se alinham nas calçadas, mas apenas alguns estão acesos. Há mais pessoas reunidas em frente aos prédios do que antes, o anoitecer parece ser o pico de movimento do local. O chão também está mais sujo. Vidro quebrado, sacos plásticos e lixo por toda parte. Okoye sequer cogita tirar os saltos. A garota anda depressa, ignorando Okoye e pronta para fazer o que quer que havia planejado para a noite. Okoye procura o prédio onde fica o escritório de Lucinda Tate. Contudo a maioria das vitrines está trancada com cadeados, exibindo grafites nos portões de metal cinza e paredes de tijolos.

Ao longe, no quarteirão seguinte, uma luz brilha por uma grande janela, e Okoye vê as duas últimas letras do letreiro: TE. A garota está alguns passos à frente, então Okoye se apressa para alcançá-la quando um estrondo repentino a interrompe, seguido por um coro de aplausos como se alguém tivesse disparado fogos de artifício. Logo há fumaça visível no céu crepuscular, então uma faísca de cor azul-alaranjada ilumina o ar.

— O que foi isso? — Okoye diz.

— Cuide da sua vida, Carequinha! — a garota dispara.

— Você pode pelo menos me dizer seu nome — diz Okoye. — Afinal, estou muito longe de casa andando com uma estranha.

— Sou eu quem está com uma estranha. Você está na *minha* área, lembra?

— Eu sou Okoye.

— Ok?

— O-ko-ye — ela repete, enquanto tenta acompanhar a garota.

— Vou chamar você só de Ok, ok?

Okoye para em uma esquina onde há um grupo de garotos reunido. Um começa a se aproximar dela, mas ela rapidamente o enxota.

— Não. Não está ok. Aprenda meu nome. Cinco letras, três sílabas. O-KO-YE.

— Quem você pensa que é, garota? Você não é daqui.

Elas atravessam a rua. Okoye permanece vigilante, observando tudo ao redor. As pessoas sentadas nos alpendres, penduradas nas janelas, e andando devagar, todas olham para ela com desconfiança.

— E qual é o *seu* nome? — Okoye pergunta.

— Tree. Tree Foster — ela diz. — Agora quem quer que tenha mandado você vir bisbilhotar por aqui, diga meu nome para eles, se é que ainda não sabem.

— Esse é seu nome? Tree? Como árvore? — Okoye pergunta.

— Isso. Quatro letras, uma sílaba.

— Como em "uma árvore cresce em Brownsville" — diz Okoye, lembrando o que estava na camiseta de Lucinda antes. Okoye percebe o fogo nos olhos de Tree. Ela é feroz. Em outro lugar, Tree poderia estar treinando para se tornar uma Dora Milaje. Ela é uma guerreira mesmo.

— Por que chamam você assim? De árvore?

— É sério? Eu tenho que explicar tudo para esses estrangeiros? Porque eu sou como uma árvore, é por isso. Somos todos como árvores. Estamos aqui desde sempre e temos raízes profundas. Nossos galhos se espalham por toda parte. Estamos plantados aqui e, mesmo que nos arranquem, nossas sementes ainda estarão aqui e mais *árvores* serão plantadas.

Okoye assente com a cabeça e sorri, sentindo uma repentina afinidade com Tree.

— Então eu também posso ser uma árvore? Com raízes profundas e galhos que se espalham por toda parte?

Tree ri.

— Bem, você está aqui, certo? Em viagem a um outro país e tudo mais. Eu e a maioria dos outros jovens daqui não temos condições para isso.

Elas chegam ao escritório, uma porta se abre e Lucinda Tate as faz entrar.

— Pera lá, jovem guarda-costas. Voltou para nos salvar? — diz Lucinda.

— Não precisamos de ninguém alegando ser nossos salvadores, Lucinda — diz Tree.

— Sim. Bem, estou aqui por ordem do rei T'Chaka. Ele gostaria de saber mais sobre Brownsville — Okoye mente.

— Hum. A maioria das garotas da sua idade está em encontros ou se preparando para uma festa, mas aqui está você, guarda-costas supermodelo, seguindo ordens do seu rei.

— Lucinda, *eu* não estou indo para um encontro ou me preparando para uma festa — diz Tree, inclinando a cabeça e cruzando os braços sobre o peito.

Okoye limpa a garganta e, apontando com o queixo para o que parece ser uma explosão do lado de fora das janelas do escritório, pergunta:

— O que está acontecendo ali?

— Ah, só mais uma noite em Brownsville — diz Lucinda no mesmo instante em que sirenes soam ao longe.

— Tenho que ir — Tree diz, olhando para trás de um jeito nervoso. — Os outros estão esperando por mim.

— Não! — diz Lucinda. — Eu… Eu preciso de ajuda aqui antes de fechar.

Tree olha para Lucinda, com olhos arregalados e dentes cerrados.

— Você está de brincadeira comigo, Lucinda? — Ela lança um olhar rápido para Okoye.

— Desculpe. Tá… está bem. Vá em frente. Apenas… tome cuidado.

A testa de Okoye se franze, mas ela rapidamente relaxa o rosto, certificando-se de manter as preocupações escondidas. Afinal, uma Dora Milaje deve permanecer fria, calma e indiferente ao ambiente. Okoye ainda está aprendendo, mas está satisfeita que as lições tenham ficado gravadas na mente dela para que seja capaz de se corrigir sempre.

Tree exala e cruza os braços.

— Está bem, Lucinda. Vou ajudar. O que precisa que eu faça?

— Olhe ao redor — diz Lucinda. — Eu sei que não é muito, mas vinte?

Tree examina o escritório, tentando evitar contato visual com Okoye.

— Não preciso do dinheiro, Lucinda — diz ela.

Lucinda lança um olhar de repreensão para a garota, mas logo abre um sorriso quando se vira para Okoye. O escritório da vereadora é pobre e bagunçado, com mesas tomadas por pastas de arquivo e xícaras de café, latas de lixo transbordam e recortes de jornais estão colados nas paredes. Então Tree começa a limpar. Okoye tenta ajudar por costume.

— O que está fazendo? — diz Lucinda. — Eu sei que você não veio até aqui para limpar meu escritório, a menos que precise de vinte dólares.

Okoye começa a dizer alguma coisa, mas um som estridente se sobrepõe aos outros ruídos nas ruas de Brownsville.

— Estou surpresa que eles chegaram aqui tão depressa — murmura Lucinda. — O prefeito acha que a cidade deveria nos deixar pegar fogo.

— Por que esses caminhões são tão barulhentos? — Okoye pergunta, imaginando se aqueles são veículos armados e um pouco envergonhada por ter que fazer tantas perguntas. Uma rápida olhada em sua conta Kimoyo lhe daria todas as respostas de que precisava agora.

— Meu Deus! — exclama Tree. — Vocês não têm caminhões de bombeiro na África?

— Claro que têm — Lucinda diz para a garota. Então ela se vira para Okoye. — Você está um pouco arrumada demais para uma visita a Brownsville.

— Vim direto de uma festa de gala. Eu queria vir aqui ainda hoje. Amanhã será um dia cheio. Diga-me, Lucinda Tate. O que está acontecendo aqui?

— Você quer mesmo que eu responda a essa pergunta?

— Se ela quer saber de verdade, pode começar lendo isso — diz Tree enquanto junta os jornais em uma pilha.

Okoye olha para os jornais. Embora não se oponha à leitura, uma conta Kimoyo seria capaz de sintetizar toda aquela informação. Não importa. Ela prefere ouvir a verdade das pessoas que vivem ali.

— Lucinda, as pessoas de Brownsville se parecem com as pessoas de Wakanda. Essas crianças podem ser meus irmãos e irmãs, e está claro que há algo acontecendo aqui que está ferindo os corações e mentes delas. Talvez haja algo que meu rei possa fazer. Às vezes acho que podemos fazer mais, mas não está sob meu controle. Porém, estou aqui agora — Okoye diz com firmeza. — Do que você precisa?

— Antes de tudo, vamos deixar uma coisa clara, mocinha. — interrompe Tree. — Aqui não é a África. Não venha aqui pensando que você pode acenar com uma varinha mágica de Wakanda e todos os nossos problemas desaparecerão.

— Me dê uma chance.

A garota ri e se aproxima de Okoye.

— Você está falando sério? Olhe por aquela janela. Está vendo aquela fumaça ali? Caso se aproxime, vai ver um prédio inteiro em chamas.

— Devemos ajudar! — Okoye diz.

— E o que *você* vai fazer? Hum? — Tree continua, segurando um dos jornais. — Você notou esse ar vermelho que tem por aqui? Depois que Stella Adams e a ONNDPT começaram a comprar todas as propriedades em Brownsville, deixaram para trás uma coisinha para nos lembrarmos deles. Quando os edifícios pegam fogo com o soro PiroÊxtase, deixam para trás uma tonalidade vermelha no céu. E fica lá em cima como uma espécie de bolha vermelha ao redor de toda Brownsville. Mesmo quando não há incêndios e as coisas ficam quietas por um tempo, tudo fica vermelho. É como uma mancha que não conseguimos remover.

— Soro PiroÊxtase? É um remédio ou um veneno? — Okoye pergunta.

— Depende para quem você pergunta — responde Tree. Ela aponta para uma foto de Stella Adams em um dos artigos.

Okoye lê a manchete rapidamente: "A ONNDPT está salvando a cidade, um bairro por vez".

— Isso é bom, não? — Okoye pergunta, apontando para o papel na mão de Tree.

— Não! Está nos deixando doentes — continua Tree com o humor alterado. Gotas de suor se formam na testa dela, e ela se aproxima de Okoye. — Tentamos informar a mídia, mas aquele ar vermelho não aparece nas câmeras. Você tem que estar aqui para ver e acreditar. E aqueles prédios pegando fogo… não é só fogo. É algo a mais, algo pior, como se Brownsville estivesse aos poucos se transformando no inferno.

Lucinda toca o ombro da garota com gentileza como se quisesse acalmá-la.

— Sim, ela está certa. Okoye, o que quer que esteja acontecendo em Wakanda, você acabou de sair de uma situação ruim para entrar em outra pior. Se não aguenta a brincadeira, melhor não pisar no parquinho. As pessoas daqui querem acabar com toda essa queima. Elas chamam os bombeiros, mas eles não vêm rápido o suficiente. Reclamamos com nossos políticos, escrevemos petições, mas é como se ninguém estivesse nos ouvindo fora dessa bolha vermelha. Alguns podem me chamar de super-heroína de Brownsville, mas não posso apagar incêndios, literal ou figurativamente. E em especial não depois daquela inauguração cansada. Meu povo chegou no limite comigo hoje.

— Não coloque a culpa toda em seu povo, Lucinda — diz Tree. — Stella Adams e ONNDPT deveriam ter participado. Quando descobriram que você não queria nada do dinheiro deles para o centro comunitário, ela nem quis dar as caras por aqui. E ainda diz que quer salvar Brownsville.

— E vocês ainda dizem para não me meter — diz Okoye. — Há muita coisa acontecendo aqui e a ONNDPT não está ajudando. Como isso é possível quando deveriam estar salvando a cidade? Afinal, é por isso que convidaram meu rei para começo de conversa.

Tree começa a dizer alguma coisa, mas Lucinda levanta a mão.

— Tree, o que quer que esteja prestes a dizer, quando vocês falam da África, soam tão ignorantes quanto ela falando daqui.

— Por que estamos contando tudo isso para ela, afinal? O que ela pode fazer? — Tree pergunta.

Lucinda suspira e se joga em uma cadeira próxima.

— Veja, Okoye. Eu entendo. Você é de uma cultura completamente diferente, então deixe que eu explique as coisas para você. Chama-se PiroÊxtase. Os adolescentes tomam. E quando há o suficiente no corpo deles, não há nada que possa impedi-los de incendiar o mundo. Literalmente. O êxtase está em ver as coisas pegando fogo. As cores, o calor... Tudo isso causa algo neles. Não sei o que é. Nunca experimentei e não vou. Além disso, não vai funcionar comigo. Eu sou velha demais. Mas devastou esta comunidade como uma praga. A cidade sabe disso, mas é como se nos quisessem presos aqui até que tudo queime. Então vão construir novos empreendimentos em cima das nossas cinzas.

Tree está olhando para Lucinda com raiva estampada por todo o rosto.

— Não é da conta dela — diz com os dentes cerrados.

— Você a trouxe para cá, Tree. Não quer que o mundo saiba o que está acontecendo aqui? Bem, ela é do mundo.

— Wakanda, ou de onde quer que ela seja, não é o mundo.

— PiroÊxtase — Okoye interrompe. — Vocês podem simplesmente apagar os incêndios, não?

Tree exala e revira os olhos.

— Nem é fogo de verdade. Pelo menos, não do tipo com o qual estamos acostumados. Fogo normal te queima quando você toca. Ele se espalha. Mas com PiroÊxtase, afeta apenas as construções, como se o único propósito dele fosse queimar as casas. Quero dizer, é bom que não machuque as pessoas. Pelo menos fisicamente, porque ver nossas casas sendo destruídas dói.

Okoye dá um leve sorriso, sabendo que essa garota está se abrindo sem ter a obrigação de fazê-lo.

— Obrigada, Tree Foster. Sei que pensa que Wakanda não pode fazer muito, mas...

— Mas nada — Tree retruca. — Agora que você já sabe, é melhor nos deixar em paz. Este lugar não é um ponto turístico.

— Eu entendo, mas você está me dizendo para não confiar em Stella Adams e na ONNDPT.

— Okoye — Lucinda interrompe. — Não queremos colocá-la em nenhuma situação comprometedora. Tree está certa. Apenas tome cuidado e saiba que, para essas pessoas, nem tudo está relacionado com a paz mundial e com acabar com a pobreza. Devia saber disso, sendo da África e tudo mais.

A mente de Okoye está fervilhando com perguntas. Seu primeiro instinto é puxar uma conta Kimoyo, já que tudo isso não fazia parte das instruções passadas por capitã Aneka. Contudo estaria revelando demais na frente dessas estranhas. Está ficando cada vez mais difícil para Okoye esconder quase todos os aspectos de seu verdadeiro eu, ainda mais porque poderia se mostrar mais útil. Mas logo ela se distrai com algo que vê do lado de fora do escritório. Um grupo de adolescentes está reunido em uma esquina do outro lado da rua. Ela abre a porta devagar, mas antes que possa pisar na calçada, uma briga começa. Tree passa correndo por ela para chegar ao grupo, e Okoye está logo atrás dela quando Lucinda grita:

— Fique fora disso, Okoye!

Alguns dos jovens se dispersam segundos antes de Tree e Okoye alcançarem-os. Sempre rápida para notar os menores movimentos, Okoye vê um saco de pequenas garrafas mudando de mãos. Os poucos adolescentes que restaram formam um semicírculo como se protegessem algo ou alguém atrás deles.

— Está tudo bem aqui, super-heroína — diz Tree. — Esses são meus amigos.

— É a mesma mulher que veio aqui para cortar aquela fita, mas virou as costas para nós — diz uma garota, olhando Okoye de cima a baixo. — Tree, quem é ela? Está procurando alguma coisa, Carequinha?

— Ela não é ninguém — diz Tree. — O que está acontecendo com Mars?

— Por que estavam brigando? — Okoye pergunta, observando tudo neles: as roupas, cabelos e sapatos dão a impressão de que esses jovens estavam prontos para um combate, como se houvesse uma guerra se aproximando e eles tivessem nascido preparados para lutá-la.

Lucinda alcança Okoye bem a tempo de puxá-la para longe dos adolescentes.

— Circulando, pessoal. Minha amiga aqui só estava tentando ajudar — ela diz.

Okoye olha para a mão de Lucinda ao redor do braço magro e musculoso dela, e depois para Lucinda, que retira a mão depressa.

— Eu disse para não se meter — sussurra Lucinda.

Okoye encara Lucinda, um pouco confusa. Mas não fala nada quando os jovens começam a ir embora. É nesse momento que vê outra garota, a que a provocou no trem, de vestido e tênis, curvada, se apoiando em Tree. Mas, ainda assim, Okoye não diz uma palavra, embora cada parte da alma de Dora Milaje queira saber o que há de errado com aquela menina.

— Bem, o que lhe contamos em relação ao que está acontecendo aqui com o PiroÊxtase, vai contar para o seu rei? — Lucinda pergunta. — Talvez ele possa influenciar alguns dos outros diplomatas ou passar essa informação para algum alto funcionário do governo. Eles não nos ouvem nesta cidade, não nos escutam. Pelo menos você está vendo o que está acontecendo. Tudo o que Tree disse é verdade. Sei que é provável que também não lhe deem ouvidos. Mas o seu rei vai. E eles vão dar ouvidos a ele.

Okoye acena com a cabeça como se tivesse acabado de receber ordens da capitã.

— A propósito, o que havia de errado com aquela garota?

— O nome dela é Mars e é namorada de Tree — diz Lucinda. — Ela tomou o soro PiroÊxtase e provavelmente foi quem incendiou aquele prédio. Essa coisa consome toda a sua energia, e ela está quase exaurida. Eles a estão escondendo.

— Por que ela faria isso? — Okoye diz. — Se Tree é namorada dela, ela já não sabe dos perigos?

— Você é mesmo de outro planeta, hein? Isso aqui é o gueto, Okoye. Não existem guetos em Wakanda? Eu sei que existem lugares pobres por toda a África, mas você está agindo como se nunca tivesse visto crianças se comportando mal e fazendo besteira. E, infelizmente, elas nem sempre fazem as escolhas certas, como tomar PiroÊxtase. Essa coisa os leva a fazer coisas terríveis a si mesmos e à comunidade. Por isso abri um centro comunitário. Eles precisam de tratamento e aconselhamento, atenção e amor. É por isso que precisamos de ajuda e queremos que a cidade e o mundo inteiro tomem conhecimento — diz Lucinda quase em um fôlego só.

— Ah — responde Okoye, franzindo a testa e olhando ao redor do quarteirão. O sol se pôs e a noite se espalha sobre a cidade como uma sombra.

— Isso é tudo que tem a dizer? — Lucinda pergunta.

— Não gosto de falar. Eu gosto de agir. — Okoye começa a andar na direção dos adolescentes, mas um SUV preto, estacionado na esquina a faz parar. Alguém está olhando pela janela de trás, mas ela não consegue distinguir quem é. A janela se fecha depressa e o SUV de súbito se afasta e acelera, vira a esquina e sobe o quarteirão.

— Hum. Eles definitivamente não são daqui — diz Lucinda.

— Talvez sejam policiais e estejam aqui para ajudar.

Lucinda começa a rir, assim como os jovens. Ela continua rindo, segura a barriga, se dobra e ri um pouco mais.

— O que é tão engraçado? — Okoye pergunta.

— Wakanda deve estar em outra galáxia — diz Lucinda, tossindo e rindo. Mas a risada dela logo se transforma em um olhar de preocupação. Ela inspira fundo e continua. — Sério, irmã. Você não sabe de nada mesmo. Se quer ajudar, tem que saber o que está acontecendo por aqui e em outros lugares como este. Quero dizer, há coisas que não se pode ver com tanta facilidade, sabe?

— Não, eu não sei —Okoye diz com firmeza.

— Óbvio que não. Venha comigo — Lucinda diz, gesticulando para Okoye segui-la. — Olha, parece que o PiroÊxtase apareceu nesta comunidade do nada. Espalhou-se depressa, como um incêndio. Literalmente. Os garotos traficam, vendem e tomam e basicamente se transformam em piromaníacos. Não tem o mesmo efeito em ninguém com mais de 21 anos. É como se o soro só atacasse mentes adolescentes, da mesma forma que afeta apenas prédios e casas. Há algum tipo de energia ardente nos jovens que a droga consegue acessar. Ela foi projetada dessa forma. Pegue-os enquanto são jovens e impressionáveis. Acho que quem a criou acreditava que adolescentes seriam mais destrutivos, mais propensos ao vício. Eu odeio tudo relacionado ao PiroÊxtase e às pessoas por trás dele. Os jovens deste bairro são bons garotos. Eles são mesmo. Mas...

— Esta droga... os leva a fazer coisas más, mas eles não são maus.

— Exato! E quero que você tome cuidado. Sei que você é de outro país, outra cultura e tudo mais, mas você ainda tem a idade deles. Você e sua amiga ainda são suscetíveis aos efeitos do PiroÊxtase — diz Lucinda, parando em frente a um prédio que está queimado por completo. Faltam algumas janelas e o telhado sumiu. Há manchas de fumaça preta nos tijolos e no letreiro.

— As crianças fizeram isso? — Okoye pergunta.

— Bem, sim e não. O PiroÊxtase fez com que elas fizessem.

— Onde posso encontrar este PiroÊxtase?

— Não tome, Okoye! Você é quase da realeza. A maioria das crianças aqui não viaja com um rei como diplomata. Não jogue tudo isso fora, Okoye, apenas por curiosidade.

— Eu quero ajudar. Quero que o meu rei ajude. Quanto mais informações tiver, mais posso compartilhar com rei T'Chaka. Por favor. Tenho certeza de que há algo que podemos fazer.

Lucinda lança mais um olhar para Okoye.

— Está bem. Mas esta informação é para o seu rei. Você pode encontrar PiroÊxtase em qualquer lugar. Na verdade, os garotos que saíram correndo teriam dado a você se pedisse e pagasse o preço certo. Mas essa não é a pergunta que deve fazer.

Okoye assente.

— Ah, sim. Você quer se livrar disso. Eu também quero, se está causando tanto sofrimento.

Lucinda inspira. Mesmo sob a luz fraca da rua, Okoye pode ver a tristeza passando pelo rosto dela. Os *dreadlocks* pendem sobre os ombros de Lucinda em grossas espirais e ela está menos maquiada do que estava no coquetel, sem rímel nem batom, e parece muito mais cansada do que estava mais cedo.

— Você faz parecer tão fácil — diz ela. — Como se pudéssemos nos livrar disso de verdade. Veja. Seu rei já viajou ao redor do mundo e viu o crime e a pobreza. Tenho certeza de que há crime e pobreza em Wakanda. Os noticiários fazem parecer que seu país nunca foi tocado pela colonização, que está preso no passado com os pastores de cabras, cesteiros e tal.

Okoye se vira um pouco para o lado, para que Lucinda não veja o olhar de pura incredulidade no rosto dela. De fato, as histórias que este país conta sobre Wakanda são simplesmente ridículas. Pelo menos, protegem a amada nação contra corporações gananciosas e pessoas que querem empurrar coisas como PiroÊxtase para os adolescentes. Okoye e as Dora Milaje jamais permitiriam que isso acontecesse, muito menos o rei.

— Mas você sabe que não é tão simples quanto crianças tomando decisões erradas — continua Lucinda. — O que dizem por aí é que Stella e sua empresa criaram e espalharam o PiroÊxtase em Brownsville. Ela usa as crianças para vendê-lo para os amigos. Em troca, dá proteção, dinheiro e moradia. Mas, se essa verdade vazasse, ninguém acreditaria em mim.

"Stella faz parecer que ela é uma filantropa salvando o mundo com a instituição de caridade do marido. Mas é tudo uma grande mentira. Ela quer os terrenos e os imóveis. Ela quer construir uma *nova* Nova York bem aqui em Brownsville. E ela quer todos nós fora do caminho. Está disposta a fazer tudo o que for preciso para nos eliminar. Stella e o marido têm esta cidade nas mãos, e não se importam com o que está acontecendo aqui. Okoye, se o seu rei puder ajudar de alguma forma…"

— Stella Adams, hein? Bem, sim, meu rei viajou e viu coisas terríveis. No meu entendimento, a culpa nunca é de uma pessoa só. Mas você está culpando apenas uma pessoa por seus problemas aqui?

— Bem, é claro que é um sistema inteiro. Mas Stella Adams parece estar dando todas as cartas no que diz respeito a Brownsville, ela e o marido. Sabe como dizem que o homem é a cabeça, mas a mulher é o pescoço? Bem, Stella está controlando tudo. Eu a observo há anos em festas de gala e eventos de arrecadação de fundos, e em coletivas de imprensa onde ela finge se importar. As Organizações Nenhuma Nação Deixada Para Trás estão financiando a coisa toda. E aquele SUV que você acabou de ver? Ela provavelmente enviou alguns de seus capangas para cá.

— O que eles vieram fazer aqui?

Lucinda balança a cabeça.

— Vigiar. Ver quem está desempenhando os papéis designados e quem está tentando atrapalhar os planos dela. Sei que você é jovem demais para de fato entender tudo isso. Mas estou lhe contando da mesma forma que contei para Tree, Mars e todos os outros jovens daqui. Eles precisam saber o que está acontecendo. E se não acreditam em mim, mais cedo ou mais tarde enxergam por si próprios, assim como foi com Tree. Então eles começam a agir por conta própria. Alguns entendem, outros não. Tree está tentando convencer os amigos de que algo não está certo, mas ela é apenas uma garota. Precisamos de uma massa crítica para mudar as coisas por aqui e nesta cidade. Sei que você não é de Brownsville e nem mesmo deste país, mas parece que você tem algum bom senso. Então, de que lado você está? — Lucinda pergunta.

— Você não está sendo muito clara — diz Okoye.

Lucinda suspira.

— Eu nem sei por que perguntei.

Okoye permite que a outra encerre a conversa. Ela tem mais perguntas, mas Lucinda parece estar confusa e impaciente com ela. Há sofrimento e corrupção ali, mas Okoye quer saber por que e como isso aconteceu. Tais coisas nunca seriam permitidas em Wakanda. E se o rei testemunhou esse tipo de instabilidade em outras partes do mundo, por que ele não fez nada a respeito, em especial com todos os recursos de que Wakanda dispõe? Okoye encontrará as próprias respostas. Se há um problema, então ela é capaz de encontrar a solução. Mas todas as habilidades de Dora Milaje são reservadas para rei T'Chaka e Wakanda. Respostas e soluções não são para um lugar chamado Brownsville, no Brooklyn, na cidade de Nova York. Por que ela se importa tanto, afinal?

Enquanto Dora Milaje, Okoye fez de tudo para se preparar para a batalha, qualquer batalha. Mas esta batalha, que está mexendo com o âmago dela, fazendo-a questionar a própria lealdade, é algo que ela não esperava. Não importa. Okoye, capitã Aneka e o rei partirão em poucos dias. Haverá outros problemas, problemas maiores, para onde quer que rumem em seguida. Se o rei quiser ajudar, tudo bem. Se não, ela estará em casa em breve e Brownsville será uma memória distante.

— Onde está seu carro chique? — Lucinda pergunta no caminho de volta para o escritório.

— Peguei o metrô — diz Okoye.

— Você é corajosa. Vou chamar um táxi.

— Não. Posso pegar o metrô de volta. Eu quero conhecer essa parte da cidade de Nova York, essa parte do mundo.

— Você acabou de conhecer. É a mesma coisa em todos os bairros ao redor do mundo.

— Bem... — Okoye hesita. Então pergunta — Você mora longe? Posso acompanhá-la até em casa?

Lucinda ri.

— Criança. Você quer *me* acompanhar? Eu agradeço, mas não, obrigada. Estou a poucos quarteirões de casa. Sou nascida e criada em Brownsville, então estou bem.

— Isso é verdade? Você era como aquelas crianças? Você não teve uma infância segura e feliz?

Lucinda suspira, balançando a cabeça.

— Você soa como todas as outras pessoas bem-intencionadas que vêm aqui. Eles nos tratam como um experimento científico, sondando e cutucando com todos os tipos de perguntas. Sim, tive uma infância muito feliz e a segurança é relativa. Só porque parece que as coisas desmoronaram aqui, não significa que não estamos felizes. Isso é o que todos vocês fazem em Wakanda também: tirar o melhor proveito do nada e encontrar alegria nas lascas de luz, nas rachaduras na calçada, nas cinzas no chão. Entende?

Okoye engole em seco antes de dizer:

— Sim, eu... Fazemos o melhor que podemos com o que temos em Wakanda.

— Espero que sim — diz Lucinda, torcendo os lábios. — O trem é pra lá. Tome-o até a cidade. Tenho certeza de que você, o rei e sua amiga estão hospedados em algum hotel chique. Aproveite seu tempo aqui na *Big Apple*, e diga a Sua Majestade que eu contei o que está acontecendo, e... talvez eu os veja novamente.

Okoye observa Lucinda ir embora, e cruza os braços enquanto arrepios surgem na pele dela. Se Okoye estreitar um pouco os olhos, Lucinda, vista de costas, parece uma das adolescentes. Vidros se quebram ao longe, seguidos de aplausos entusiasmados. Em seguida, uma explosão. Okoye se abaixa, mas o fogo não está perto dela. Ela se vira para ver chamas laranja-azuladas brilhantes iluminando o céu noturno mais uma vez. Cada célula do corpo dela está lhe dizendo para correr e procurar o rei. Todo perigo que surge sempre tem a ver com o rei. Mas rei T'Chaka está a quilômetros de distância. Ainda assim, alguém deve estar ferido. Uma criança, talvez. Ela tem que descobrir. Ela tem que ir e ajudar. Mas o rei…

Já é tarde e ela ainda está vestida para uma festa chique. Okoye verifica a conta Kimoyo para saber o paradeiro do rei e da capitã. Ambos já estão de volta ao hotel. Aneka já sabe onde Okoye está, se conferiu uma de próprias contas Kimoyo. É bom que o rei não se preocupe com o lugar que elas estão, já que é trabalho delas cuidar dele. Mas T'Chaka ficará furioso se descobrir o quão longe ela foi. Então Okoye se força a voltar à estação de metrô e entrar na linha três com destino ao centro de Manhattan. Wakanda ganhou esta pequena batalha pelo coração dela. Mas a guerra dentro de Okoye está apenas começando — uma poderosa nação africana contra um bairro pobre e em dificuldades em um dos países mais poderosos do mundo. Enquanto ela fica parada no meio do vagão, mais adolescentes embarcam, diferentes desta vez. Mais uma vez, eles a encaram, zombam da cabeça e do vestido dela. Okoye apenas olha de volta, imperturbável. Parte dela está impressionada com o fato de algumas dessas crianças não a respeitarem, ao contrário de todas da África. Ainda assim, Lucinda a advertiu para não julgar. Contudo não é julgamento, é observação. É o que ela foi treinada para fazer.

À medida que o trem se aproxima da cidade, torna-se mais barulhento e mais lotado. Os nova-iorquinos a ignoram agora, então ela se sente invisível. Okoye suspira. Ela foi treinada para lutar. Está preparada para pequenas batalhas e para grandes guerras em defesa de Wakanda. Wakanda é o mundo dela, e nada mais deveria existir fora dele.

CAPÍTULO 7

— Então, o que você estava fazendo em Brownsville? — capitã Aneka pergunta a Okoye na manhã seguinte durante o café da manhã.

O rei está sentado a algumas mesas de distância, tendo uma reunião particular com o presidente de uma pequena nação caribenha. Okoye e Aneka mantêm distância, mas não tiram os olhos do rei, que é todo sorrisos enquanto toma café com o colega. Okoye não toca no café da manhã de ovos mexidos e legumes picados. Refeições pesadas pela manhã a deixam lenta e obscurecem os sentidos dela. Hoje, como em qualquer outro dia, ela precisa estar alerta e focada para seu rei. Mas pelo jeito que Aneka está devorando a refeição dela, Okoye se sente como se fosse a única que não está de férias.

— Fui ver Lucinda — Okoye diz de forma direta.

— Ah, isso não é ter uma noite agradável de folga. Sugeri que você relaxasse, Okoye. O que a fez decidir ir até lá?

— Eu fui… dar um passeio — diz Okoye, enfim dando uma garfada nos ovos e tentando evitar as muitas perguntas de Aneka.

Aneka apenas a encara enquanto come, aparentemente lendo os pensamentos dela.

— Diga, capitã, onde essas missões humanitárias especiais estão acontecendo? — Okoye pergunta.

— Sei o que você está pensando. Não em Brownsville, com certeza.

— Isso é óbvio.

Aneka não responde. Em vez disso, parece distraída por algo que vê do lado de fora, através das grandes janelas do restaurante do hotel. Okoye sabe que não deve se virar para não chamar atenção para quem ou o que quer que seja.

— O que foi? — diz Okoye.

— Nosso rei tem uma fã — diz Aneka.

Em segundos, Okoye descobre o que Aneka notou. Com o canto dos olhos, vê Stella Adams entrando no restaurante.

— Contatos, não? — diz Okoye.

— Sim. Contatos — responde Aneka.

Ambas tentam terminar o café da manhã, mas Okoye e Aneka se distraem com a risada alta de Stella. É como se ela estivesse fazendo uma cena para o rei. Anos de treinamento como Dora Milaje as ensinou a desconfiar de tal comportamento — rir muito alto para esconder segundas intenções.

Mas Aneka dá de ombros e diz:

— Ela gosta dele.

— Ele é casado — diz Okoye.

— Os estadunidenses não se importam.

Okoye olha para o rei, que agora está acompanhado apenas por Stella; o estadista caribenho foi embora. A mulher está próxima demais, como se estivesse flertando com o rei. Sem hesitar, Okoye se levanta do assento e se aproxima do rei.

— Está tudo bem aqui? — ela pergunta, elevando-se sobre Stella.

Stella olha para cima e o sorriso some do rosto dela.

— Estávamos apenas cuidando de alguns negócios — ela responde com frieza. Então estende a mão para Okoye. — Acredito que nunca nos encontramos. Stella.

— Nós nos encontramos — Okoye diz com uma voz ainda mais fria, cortando o rei, que estava prestes a apresentá-la. — Talvez em Brownsville.

Stella deixa cair a mão.

— Ah. — Ela inspira. — Deve ter conhecido Lucinda Tate. Diga, como foi aquela, é, cerimônia de inauguração? Ouvi dizer que aquele lugar parece uma zona de guerra. Tínhamos grandes esperanças para Brownsville. Mas aquelas pessoas… aqueles adolescentes… parece que não conseguem se organizar por lá. E Lucinda se dedica tanto. Aquela pobre moça deve estar exausta.

Okoye inclina a cabeça para o lado. O tom e as palavras de Stella a irritaram.

— Explique-se.

— Okoye — diz o rei em tom de advertência. Então ele se levanta para encontrar o olhar dela e sussurra: — Seja cautelosa com suas palavras. Charme e inteligência podem desarmar os inimigos.

Aneka de repente está ao lado de Okoye e toca com delicadeza o braço dela como uma forma de acalmá-la.

— Meu rei. Pedimos desculpas pelo transtorno. Só queríamos ter certeza de que estava tudo bem.

Rei T'Chaka acena com a cabeça, Aneka toca o braço de Okoye mais uma vez e elas começam a se afastar.

Okoye ouve Stella dizendo ao rei:

— Guarda-costas, hein? São apenas colegiais. Mas acho que em alguns lugares como Wakanda isso não importa. Agora, onde posso conseguir uma ou duas dessas para mim?

Okoye engole em seco, empurrando de volta para dentro de si o desejo de se virar e demonstrar o poder que tinha. Ela gostaria de ter sua lança. Apenas segurá-la ao lado do corpo e ficar em posição de sentido junto ao seu rei seria o suficiente para impedir qualquer intenção maligna; e Stella estava cheia de más intenções. Mas que tipo de más intenções? Okoye não tem certeza. Talvez haja muito mais na históÍria de Lucinda sobre Stella e o PiroÊxtase. E se for verdade, que negócio Stella Adams tem com o rei, afinal?

Okoye não diz uma palavra para capitã Aneka, que a observa com desconfiança.

— Não é possível que você esteja suspeitando daquela loira — Aneka finalmente diz quando estão de volta à mesa.

— Estou — responde Okoye.

— Irmã, este é o "jeito americano". Eles sorriem um para outro enquanto fazem negócios durante o café ou o jantar. Lembra do nosso treino, Okoye? *Diplomacia*.

Okoye fica em silêncio por um longo momento enquanto Aneka bebe o resto do chá. Os rostos das garotas em Brownsville estão gravados na mente de Okoye. Ela nunca vai esquecê-los.

— Capitã — ela diz. — Nosso rei não se encontrou com o povo. Ele esteve com chefes de estado e empresários. Mas e as pessoas?

— Ah, então é isso que está enchendo essa sua cabeça grande. Primeiro você repreende aquelas pessoas por atacarem nosso rei, agora quer que ele volte lá para se encontrar com elas? — Aneka diz, limpando os cantos da boca com um guardanapo.

Antes que Okoye possa responder, as duas Dora Milaje rapidamente ficam em posição de sentido quando Stella se aproxima da mesa delas.

— Relaxem, senhoritas. Sou amiga, não inimiga — diz Stella. — Gostaria de fazer um pedido. Quero ficar com o rei por um dia. Vou cuidar bem dele. Vocês duas, jovens adoráveis, podem tirar o dia de folga. Visitem a Universidade de Nova York ou a de Columbia. Caminhem ao longo de Madison Square Garden, do Central Park ou da Quinta Avenida. Tiffany, Saks e, se vocês estiverem economizando, a Macy's na 34. E na Times Square, os rapazes cairão aos pés de vocês.

— Vamos acompanhar você e o rei para onde quer que forem — diz Okoye depressa, ignorando as sugestões de Stella.

Capitã Aneka caminha até o rei T'Chaka, que está assinando um cheque. Okoye não se move, presa em uma troca de olhares com Stella, que se aproxima dela. Okoye pode sentir o hálito da mulher.

— Tenha cuidado ao vagar pelas ruas de Brownsville sozinha — Stella sussurra. — Ouvi dizer que Wakanda é um lugar adorável e tenho certeza de que você gostaria de voltar. Inteira.

Okoye cerra o punho e todo o corpo dela fica tenso.

— Okoye! — Aneka diz ao lado do rei T'Chaka.

Okoye engole em seco e exala enquanto Stella dá um passo para trás e sorri.

— Está decidido — diz Aneka. — Vamos acompanhar o rei.

— Ah, que pena — Stella diz, virando-se para encarar rei T'Chaka. — Teremos que remarcar, então, ou terei que raptá-lo.

— Como? — Okoye diz, se aproximando de Stella mais uma vez.

— Uau. Estou impressionada, rei T'Chaka. Você as treinou bem.

Rei T'Chaka franze a testa, claramente incomodado com o que Stella acabou de dizer.

— Com todo o respeito, sra. Adams, eu não treinei essas jovens brilhantes. Elas são sábias e poderosas por mérito próprio, mesmo que já tenham sido garotas de aldeia. Temos alta estima por nossas mulheres e meninas em Wakanda. Por favor, me informe se gostaria que eu compartilhasse nossas melhores práticas com a ONNDPT. Elas são minha responsabilidade, assim como eu sou a delas. Fui claro, sra. Adams?

Um sorriso educado se espalha pelo rosto de Stella.

— Eu não tive a intenção de ser desrespeitosa, Vossa Majestade — diz ela. Então acena para Okoye e Aneka, depois sai do restaurante, deixando o rei e as Dora para tratar do restante de suas responsabilidades diplomáticas.

— Tem certeza de que quer fazer negócios com ela, meu rei? — Okoye pergunta.

Aneka lança um olhar, como se dissesse que não era da conta *dela*.

— Diplomacia, Dora Milaje — responde rei T'Chaka enquanto saem do restaurante do hotel. — Diplomacia é o nome do jogo. Demonstre bondade e respeito, mesmo quando não for recíproco. Além disso, não estamos aqui para agradar Stella Adams. O propósito maior é o relacionamento de Wakanda com a Nenhuma Nação Deixada Para Trás e todo o bem que planejam fazer ao redor do mundo. Se nós mesmos não podemos ajudar outros países, podemos fazer parceria com uma organização que pode. É bom para as relações públicas.

— Relações públicas — Okoye sussurra, enquanto os pensamentos dela viajam até Brownsville, e ela se questiona se seu rei consideraria fazer algum bem lá em prol das *relações públicas*.

Rei T'Chaka permanece diplomático, nobre e genuinamente gentil durante outras reuniões, almoço, coquetéis, jantar, mais coquetéis e demonstra para Okoye e capitã Aneka como Wakanda deve ser vista no mundo exterior. Quando terminam o dia em seus quartos no hotel, exaustos e sem energia, rei T'Chaka vai para a suíte de cobertura enquanto Aneka e Okoye dividem um quarto grande com duas camas *king size*.

As Dora Milaje são treinadas para se abster de ter muito tempo de lazer, mas um sono adequado é uma prioridade máxima para que consigam fazer o trabalho delas. Em apenas alguns minutos, Okoye e Aneka estão prontas para dormir. Exceto que Okoye está bem acordada e a capitã está imóvel como pedra sob as cobertas.

Em silêncio, Okoye sai da cama e vasculha a mala em busca de algo confortável. Por sorte, ela e Aneka trouxeram roupas de ginástica. Parte do código de disciplina das Dora Milaje é praticar exercícios com regularidade. Em Wakanda, o moderno Centro de Treinamento Upanga e a natureza, os amplos espaços abertos e o ar fresco são onde elas praticam as técnicas de combate. Mas, aqui, Aneka disse a Okoye que terão que malhar em uma academia, uma fração do espaço com o qual estão acostumadas em Wakanda.

Calças leggings pretas, uma camiseta escrita "*I Love New York*" que capitã Aneka trouxera para ela de sua última viagem para cá, um agasalho de moletom com capuz e tênis são o mais próximo possível da túnica de Dora Milaje de Okoye. Ela coloca a pulseira de contas Kimoyo, sabendo que a capitã a encontrará se precisar dela, e dobra a lança na manga da blusa dela. A lança de Dora Milaje de Okoye é do tamanho da palma da mão dela, mas pode se estender até sua altura quando preciso. Ela pega o telefone inútil que ela e a capitã foram instruídas a carregar como uma formalidade. O rei também tem um, para parecer que Wakanda está atualizada na tecnologia.

— Que primitivo — Okoye sussurra para si mesma enquanto segue, rápida e silenciosa, e em pouco tempo ela está esperando do lado de fora do hotel, tentando chamar um táxi. Se ela for repreendida, terá que sofrer as consequências sem reclamar.

Okoye está na beira da calçada com a mão estendida como vê tantos outros nova-iorquinos fazerem. Mas nenhum dos táxis para. Vários passam por ela e param para passageiros que nem estavam chamando um táxi. Ela se imagina erguendo uma lança para ameaçar um taxista até que ele pare o carro. Contudo isso seria uma má ideia, pois todos já parecem ter medo dela por alguma razão. A poucos metros dela, um casal levanta as mãos também. Então Okoye abaixa a mão e dá um passo para trás. Em poucos segundos, um táxi estaciona para o casal. O homem abre a porta traseira e segura a mulher pela cintura, e os dois se beijam em despedida. Okoye aproveita a chance. Como um leopardo veloz, ela corre para o táxi, se joga no banco de trás, batendo a porta atrás de si.

— Ei, eu não parei para você! — o taxista exclama com um forte sotaque estrangeiro que Okoye reconhece como nigeriano ou ganense.

— Irmão, por que você me discrimina? — Okoye pergunta enquanto o casal começa a bater na janela do lado do passageiro.

— Sua gente não dá gorjeta! — diz o taxista.

— *Sua gente?* — Okoye repete. — Como ousa? Eu sou de Wakanda. *Nossa gente* vai lhe dar cem vezes sua gorjeta! — Okoye enfia a mão no bolso do moletom, tira um maço de dinheiro e o joga no banco do passageiro do táxi.

O motorista olha para o dinheiro, coloca o carro em movimento e acelera para longe do meio-fio enquanto o casal continua a reclamar.

A viagem do centro até o limite de Brownsville é rápida, mas não o suficiente para evitar que Okoye tomasse diversas notas sobre a cidade. Os bairros de Nova York são como diferentes países. As fronteiras são invisíveis e, ao mesmo tempo, claras como o dia. Seja qual for a riqueza que a cidade de Nova York possui, ela não é distribuída igualmente por todas as regiões do lugar. Enquanto uma área está prosperando como a exuberante Bacia do rio Congo, outra área é estéril e seca como o Deserto do Saara. Mas não são obras da natureza, como nestes casos. Ali são as pessoas que fazem isso umas com as outras, Okoye percebe. E não é justo.

— Eu só vou até aqui — diz o taxista, parando o carro no final de um quarteirão arborizado.

— Estamos em Brownsville? — Okoye pergunta, apesar de já saber a resposta para essa pergunta, pois consegue ver que o miasma vermelho está mais adiante, como um campo de força. Ar quente, Tree o chamara. Eles pararam no que parece ser a borda daquela bolha vermelha, e estava claro que o motorista pegou as ruas mais seguras para chegar até ali.

— Claro que não. Já é tarde e eu tenho uma família me esperando em casa.

— Do que tem medo, irmão? As pessoas que vivem lá são como nós.

— Senhorita, eu ouvi histórias de taxistas deixando clientes e, em seguida, uma bola de fogo voando acima dos carros deles. E não faço ideia do que me levaria a queimar meu próprio bairro. Além disso, esse ar vermelho é tóxico. Não há como dizer o que é.

— Então você também vê? — Okoye pergunta.

— Todo mundo vê. Mas ver e fazer alguma coisa em relação a isso são duas coisas diferentes. Sabe, não veja nada de errado, não diga nada de errado. E se alguém perguntar, não vejo nada e não sei de nada.

— Então você deve saber sobre o PiroÊxtase.

O taxista rapidamente agarra o volante e diz:

— Obrigado por andar conosco, senhora.

— Eu não paguei o suficiente? Talvez eu devesse pegar de volta...

O motorista pega algumas notas do maço e joga o resto de volta para Okoye.

— Não, você não me pagou o suficiente.

Ele se recusa a andar mais longe ou a responder a qualquer uma das perguntas de Okoye. Não querendo insistir no assunto, Okoye sai depressa do táxi e se prepara para a caminhada até Brownsville.

Depois de vários quarteirões nos quais os prédios de arenito estão imaculados, com caixas de flores penduradas nas janelas e jovens sentados nas varandas da frente, a fronteira visível de Brownsville está mais próxima, mais vermelha e ainda mais quente. Okoye a atravessa esperando sentir sua energia, mas há apenas uma sensação de calor contra a pele, como se tivesse saído das sombras para o sol. No final do quarteirão, Okoye os vê. Ela pode dizer pelas silhuetas escuras sob as luzes da rua que são os jovens que protegem Brownsville como um exército. Mas Okoye se pergunta quem são os líderes deles. Quem são seus verdadeiros guerreiros?

— Você de novo? — um garoto pergunta. — Vejo que está tentando se vestir como uma nova-iorquina agora. Boa tentativa, mas você ainda parece uma turista. Bem-vinda a Brownsville.

Ele está em pé com as pernas afastadas e os braços cruzados, vestindo uma jaqueta preta grossa, grossa demais para um clima tão quente, e calça de moletom cinza.

— Sim, eu de novo — diz Okoye. Ela se aproxima do garoto que está com a cabeça inclinada para trás como se estivesse pronto para desafiar Okoye. — Relaxe, criança.

— Criança? Temos a mesma idade.

— Ela não é daqui, lembra? — Tree sai das sombras e os amigos dela se separam, abrindo caminho enquanto ela se aproxima de Okoye. O cabelo de Tree está preso em várias tranças longas adornadas com contas de metal dourado e prateado. Está com uma jaqueta jeans pendurada nos ombros e um pingente de ouro em forma de árvore numa fina corrente de ouro ao redor do pescoço.

Tree e Okoye ficam cara a cara, sem dizer uma palavra.

Então Okoye dá um passo para trás, dá uma olhada em Tree e diz:

— PiroÊxtase.

— O que é que tem?

— Diga você. Parece ser um problema aqui. É por isso que este lugar que você chama de lar está tão… destruído?

Okoye percebe uma garota cutucando Tree. Todos começam a recuar.

A garota dá um passo à frente. Ela é um pouco mais baixa que Tree, atarracada com uma cabeça cheia de cabelos grossos e encaracolados. Um piercing de septo e lábios com um batom vermelho-escuro permitem que Okoye saiba que ela é durona. Mas ela a reconhece como a garota que o grupo estava escondendo no outro dia. Aquela ao redor de quem eles haviam formado um semicírculo: Mars. A garota que Lucinda descreveu como viciada.

— Olha, irmã — ela diz com uma voz mais profunda e rouca. — Eu não sei o que está acontecendo entre você e Lucinda, mas é tarde demais para visitá-la de qualquer modo. E nós não sabemos nada sobre esse piro sei lá o quê. Estamos numa boa aqui.

— Eu sou Okoye. Prazer em conhecê-la — diz Okoye.

— Mars. Mars Cooper.

— Eu já sei.

— Então corra e conte a quem quer que tenha mandado você até aqui. Agora vá cuidar da sua vida — diz ela.

Mas assim que um SUV com janelas escurecidas se aproxima, os adolescentes vão até ele. A caminhonete encosta e uma janela do banco traseiro desce no momento em que o porta-malas se abre. Mars corre depressa para pegar uma grande bolsa esportiva verde do porta-malas e a fecha. Os jovens se afastam do veículo quando a janela se fecha, e ele começa a ir embora.

Okoye se lembra do que Lucinda disse a ela sobre Stella Adams. Ela e o marido são responsáveis por trazer PiroÊxtase para Brownsville. Mas como? Em uma bolsa?

— Bobagem — Okoye sussurra para si mesma. Então ela grita: — Ei! — E começa a correr em direção ao veículo.

Ela ganha velocidade, mas os tênis são inúteis em comparação com suas botas de combate de Dora Milaje, que são projetadas especificamente para lhe dar um pouco mais de impulso. No entanto, Okoye pode correr usando qualquer coisa e em qualquer terreno, então está se aproximando do SUV, mesmo quando o carro faz uma curva fechada. Ele ganha velocidade e ultrapassa um sinal vermelho. Outro carro está se aproximando do cruzamento. Está prestes a atingir Okoye, mas ela pensa rápido, mesmo com o coração acelerado, e salta sobre o carro, tão alto e com tanta força que, quando aterrissa, sente os ossos e órgãos chacoalharem. Ela amortece a queda com as duas mãos e um joelho no chão. Okoye fica no lugar para rapidamente pegar uma conta Kimoyo da pulseira e segurá-la na palma da mão para se examinar em busca de ferimentos ou ossos quebrados. A conta envia ondas por todo o corpo dela, e ela sente a sensação de formigamento na pele. O resultado é negativo. Ela está bem. Então encaixa a conta de volta na pulseira com discrição.

O SUV se foi, e Okoye imediatamente se preocupa por ter feito demais. Ela mostrou muito do verdadeiro eu em Brownsville, tão longe de Wakanda.

— Ei! Você acabou de pular por cima daquele carro? — uma voz chama ao longe.

Devagar, Okoye se levanta e se limpa. Ela se vira para ver Tree, Mars e o resto do grupo correndo na direção dela, boquiabertos e de olhos arregalados. Ela pensa em algo para desviar a atenção do que eles possam ter acabado de ver.

— Onde está a bolsa? — pergunta.

— Espere, garota. Você não faz as perguntas. Nós fazemos. Quem é você de verdade e por que está aqui? — Tree pergunta. — E por que diabos você correu atrás daquele carro daquele jeito? Quem você pensa que é?

O grupo todo está ofegante e sem fôlego.

Okoye pisca e morde o lábio inferior. Ela será honesta.

— Sou de Wakanda. Eu sou membro das Dora Milaje, um grupo especial de mulheres treinadas e encarregadas de manter nosso rei seguro.

Tree dá um passo à frente.

— Nós entendemos que vocês são de Wakanda e tudo mais, e que vocês são supermodelos guarda-costas ou algo assim. Mas *você* deve manter o rei em segurança? É como se eu fizesse parte do serviço secreto do presidente ou algo assim. Isso não faz o menor sentido.

— Além disso, Wakanda é pobre, com nada além de elefantes, girafas, grama e montanhas — diz um garoto do grupo.

— Hum — Okoye resmunga. — Eu não acho que eles ensinam a verdade sobre Wakanda em suas escolas, ou sobre qualquer lugar da África. Agora, quem estava naquele carro grande?

— Se você não sabe quem estava naquele carro, então por que o estava perseguindo? — Tree pergunta.

Okoye olha ao redor para a pequena multidão de adolescentes, que está olhando para ela com desconfiança. O grupo é menor agora e, à distância, Okoye vê Mars entrando em um beco escuro.

— Acho que era Stella Adams.

Todos os jovens se remexem, alguns bufam, outros cruzam os braços, alguns movem o peso de um pé para o outro. A pergunta de Okoye tocou em um ponto sensível deles.

— Está tudo bem, pessoal — Tree diz para os amigos. — Ela já sabe.

Então ela se vira para Okoye, umedece os lábios e diz:

— Ela trabalha com imobiliária e administra uma grande empresa. Mas ela não vem até aqui. Você não vê que a gentrificação ainda não chegou nesta parte do Brooklyn? E você também é algum tipo de policial disfarçada das Nações Unidas ou algo assim? Qual é a das perguntas?

— Gentrificação? — Okoye pergunta. — Isso é uma droga como PiroÊxtase?

Os jovens riem, mas Tree ergue a mão para fazê-los parar.

— Quer saber? Acho que dá para dizer que sim — diz ela. — Gentrificação é quando um bairro não recebe a ajuda que precisa do governo, e as coisas desmoronam até que pessoas com mais dinheiro e recursos comecem a se mudar para o local.

— Mas isso não é bom?

— Não! — todas as crianças dizem enquanto balançam a cabeça, claramente ainda mais impacientes com Okoye. Tree continua:

— Quando eles vêm, somos expulsos. Eles não nos querem por aqui quando as coisas começam a ficar boas.

— Entendo — diz Okoye. — É como a colonização na África e em todo o mundo.

— Exato! — Tree diz.

— Mas como impedir que isso aconteça? — Okoye pergunta, enquanto se recorda das guerras e batalhas por independência em toda a África que ela aprendeu quando estava na escola e enquanto treinava para se tornar uma Dora Milaje.

Mas antes que Tree possa responder, vozes ecoam à distância, rindo e gritando.

E então um som estrondoso faz com que Okoye se abaixe e cubra os ouvidos, um instinto que não deveria ter determinado o primeiro movimento dela. Mas dura apenas um momento antes de ela sair correndo para longe dos jovens e em direção à fumaça e ao fogo.

— Não! Fica fora disso! — Alguém de repente se coloca na frente dela, forçando-a a parar. É Mars, parada com as pernas afastadas e os braços cruzados.

— Saia da minha frente. Ou eu vou tirar você — diz Okoye.

— Quem você pensa que é? A super-heroína de Brownsville? — Mars pergunta.

— Há um incêndio. As pessoas estão se machucando.

— Não, as pessoas não estão se machucando. Algumas delas querem ver tudo queimar.

— Este é seu lar. Por quê? — Okoye pergunta.

— Não somos donos de nenhum daqueles prédios, exceto o centro comunitário de Lucinda. Talvez, quando tudo queimar, possamos reconstruir tudo e, finalmente, ser donos de tudo — diz Mars enquanto ela mesma caminha em direção às chamas. — Agora cuide da sua vida, garota!

Okoye nunca obedeceu às ordens de alguém além da capitã Aneka, da diretora das Dora Milaje ou de seu rei. Por que deveria ser tão obediente a essa criança? Okoye não se move um centímetro enquanto observa as chamas à distância, seguidas de aplausos.

— Isso não está certo — ela sussurra para si mesma. — Há sofrimento demais aqui.

— É melhor ir embora — Tree diz enquanto o pequeno grupo passa por ela e entra no beco escuro. — Não precisamos que nos salve.

Por um momento, Okoye fica paralisada no lugar. Talvez essa garota esteja certa. Capitã Aneka com certeza concordaria. O rei a repreenderia por estar tão longe dele em uma viagem como esta. O que deve fazer agora? Voltar para o hotel chique, enfiar-se debaixo das cobertas confortáveis e frescas e dormir? Descansar sabendo que existem lugares como este onde garotos estão queimando as próprias casas e se divertindo com isso? Mas como Lucinda disse a ela, não é culpa deles. Talvez este PiroÊxtase seja como a erva-coração. Mas a erva-coração não tem poder *sobre* o Pantera Negra; não o obriga a nada. Apenas aumenta as habilidades poderosas dele. Além disso, é uma planta cultivada no solo de Wakanda, não criada em um laboratório ou fábrica como muitas outras coisas em Wakanda. Que poder PiroÊxtase está aumentando nesses jovens enquanto eles queimam as próprias casas? Que poder eles ganham ao fazerem isso? E de acordo com Lucinda, há uma pessoa para culpar por PiroÊxtase: Stella Adams.

Os pés de Okoye tomam a decisão por ela. Ela começa a caminhar em direção às chamas e vê os garotos ao longe, na Rockaway Avenue. Em um instante, ela está logo atrás deles, que não a percebem. Mars leva o grupo até um beco, então enfia a mão atrás de uma lixeira e retira a bolsa.

Okoye se esconde depressa atrás de um carro estacionado enquanto Mars passa a bolsa para Tree, que assume a frente enquanto elas entram pelos portões de um complexo de apartamentos, vigiados por dois homens altos e musculosos. Os jovens entram, e o portão se fecha atrás deles depressa. O complexo de apartamentos parece novo em folha em comparação aos prédios queimados e dilapidados ao redor. Okoye se pergunta por que esse lugar é tão protegido enquanto o resto de Brownsville não. Então ela começa a se aproximar dos guardas e do portão. E ali está. A placa enorme soletra em letras brancas *Propriedade Privada. ONNDPT.*

No mesmo instante, os homens se viram para Okoye sem falar nada.

— Estou aqui para ver Tree e Mars — Okoye diz com calma.

Um dos homens inclina a cabeça para o lado. Então Okoye faz o mesmo.

— Eles não estão distribuindo até a meia-noite — ele informa com uma incomum voz suave.

Okoye olha para um dos prédios e percebe alguém olhando pela janela.

— Stella me enviou. Estou dando uma olhada — ela mente.

O outro guarda acena com a cabeça e caminha devagar até o portão para apertar um botão próximo. Eles esperam por um zumbido. Nada.

— Eles não sabem que eu estava vindo. Ordens do rei. Aliás, do chefe — Okoye mente mais uma vez. A culpa por ter que fazer isso está queimando o âmago dela. Mas precisa passar por essa segurança para ver o que é a distribuição até a meia-noite.

Assim que o portão abre, Okoye entra rapidamente e corre em direção ao prédio mais próximo, onde alguém coloca a cabeça para fora de uma janela para gritar:

— Ei! Ela não deveria estar aqui!

Não importa. Okoye é muito mais veloz do que aqueles dois guardas jamais poderiam ser. Ela já havia observado que a janela fica no quarto andar, passado pela porta da frente e subido oito lances de escada neste momento, para se deparar com várias portas de apartamentos fechadas e trancadas.

Mas é Tree quem abre uma das portas e diz:

— Está claro você não consegue cuidar da própria vida. Quer respostas? Ótimo. Também temos perguntas.

Tree ergue a mão para os guardas quando eles saem correndo de um elevador próximo. Ela gesticula para que apenas um deles vá até ela e aponta para Okoye.

— Faça o que deve — diz Okoye, levantando os dois braços acima da cabeça.

O guarda a revista e tira o telefone de Okoye do bolso, entregando-o a Tree com um aceno de cabeça.

Okoye entra no apartamento, e Tree fecha a porta atrás dela.

CAPÍTULO 8

O apartamento está quase vazio e não há adultos. Okoye circula pelo cômodo a passos lentos, notando o piso de mármore brilhante sob os pés. Ela está em guarda, como se alguém fosse pular de trás de uma porta escondida para atacá-la a qualquer momento. Mas tudo o que ela vê são os rostos desses adolescentes. Eles a encaram com um misto de medo e curiosidade disfarçados de agressividade.

— Onde estão suas famílias? — Okoye pergunta.

— Nossas famílias estão em casa. E não olhe para nós como se fôssemos um monte de estereótipos por causa do que vê acontecendo lá fora. Temos lares e pessoas que nos amam. Isso é só um lugar onde podemos relaxar. Agora descanse, soldado. Ninguém vai atacar você aqui — Tree diz, devolvendo o telefone de Okoye.

— Vou descansar apenas quando vocês se renderem — diz Okoye, pegando o telefone.

— Não vamos nos render a ninguém. Agora desbloqueie o telefone.

Okoye faz o que ela manda, sabendo que não tem nada a esconder. Se mexer no telefone dela vai aliviar algumas das suspeitas dessa garota, que seja.

— Essa sua guerra... Acham que vão ganhar sempre? Pensam que nunca serão derrotados?

Os jovens trocam olhares e depois se voltam para Okoye. Tree gesticula para que um dos homens a reviste mais uma vez. Okoye levanta a mão.

— Não há necessidade. Você deve pensar que só existe um tipo de arma.

— Chega de enigmas — Tree diz, devolvendo o telefone a Okoye mais uma vez. — Quem são capitã Aneka e rei T'Chaka? Eles são seus únicos contatos. Uma *capitã* e um *rei*? Aqueles com quem você veio aqui outro dia?

— Sim, você já os conheceu. E gosto de acreditar que sou bem-vinda quando visito a casa de uma amiga. Por favor, desarmem-se dessas feições severas. Que tal um sorriso para sua visitante? — Okoye diz dando o próprio sorriso, lembrando o que rei T'Chaka lhe dissera sobre charme e esperteza.

Tree revira os olhos e os outros suspiram.

— Você não entende, não é? O-ko-ye, ou qualquer que seja o seu nome. Você está indo longe demais ao vir aqui e tem sorte por eu não deixar aqueles guardas lidarem com você.

— Lidar comigo? Ora! São eles que têm sorte — diz Okoye. — Agora, o que é esse lugar?

— Não, nós fazemos perguntas para *você*. Não o contrário. — Mars sai de outra sala no final de um corredor.

— Já que não vai responder minhas perguntas, então eu mesma vou procurar as respostas — Okoye diz, e começa a andar pelo apartamento.

Há um único sofá de couro preto e algumas almofadas pelo chão. Uma TV de tela plana gigante ocupa a maior parte da parede na sala de estar, que fica ao lado de uma cozinha de última geração completa com utensílios de aço inoxidável e bancadas de mármore. É um contraste gritante com o bairro em ruínas lá fora.

— Bem-vinda ao cafofo, Mulher-Hulk negra — diz Tree. — Você deu um jeito de se meter nos nossos negócios. Agora fique à vontade, porque você não vai embora até nos dizer o que quer de nós.

— Vocês estão vendendo PiroÊxtase neste apartamento? — Okoye pergunta sem hesitar.

São seis adolescentes no total. Dois garotos estão sentados no sofá; um baixinho e gordinho com cabelo liso, e um alto e musculoso. Um olha para ela com desdém. O outro tira um telefone do bolso e começa a jogar.

— Ela tem que ir embora — o último murmura.

— Onde está a bolsa? — Okoye pergunta. — Por que Stella Adams está colocando vocês para fazer isso?

— Ela está falando sério? — uma garota pergunta, e se aproxima de Tree como se estivesse dizendo para ela fazer alguma coisa.

Mars joga algo para Okoye, que rapidamente apanha nos braços.

— É isso que está procurando? — Mars pergunta.

É a bolsa esportiva. Okoye a segura e encara Mars e Tree. Contudo, Tree apenas lança um olhar furioso para Mars.

— O que está fazendo? — Tree diz com os dentes cerrados.

— Há PiroÊxtase suficiente nessa bolsa para incendiar o mundo inteiro — diz Mars para Okoye. — Você quer? Pode pegar. Leve de volta para Wakanda e veja o que acontece.

— Eu não vou fazer nada disso. Vou destruir o PiroÊxtase — diz Okoye.

Os olhos de Tree se arregalam, mas Mars ri.

— Vamos apenas dizer que roubou de nós. Mas eles nem vão mexer com você. Pelo menos não imediatamente.

— Então virão atrás de vocês? — Okoye diz. — Mesmo que eu tente fugir daqui com essa bolsa, vocês serão os únicos que vão pagar o preço? E quem devo esperar que venha bater à minha porta quando tiver acabado com vocês? Stella Adams?

— Se quer respostas para essas perguntas, tudo o que precisa fazer é sair correndo daqui com essa bolsa — diz Mars. — Vamos ver se consegue levar isso para Wakanda. É provável que seja parte do plano, de qualquer maneira, e você deve saber disso se está trabalhando para ela.

— Mars, o que está fazendo? — Tree exige novamente, aproximando-se da namorada para a encarar. — Todos vamos ter problemas!

Antes que Okoye possa dizer outra palavra, há uma batida na porta da frente. Depois outra, mais alta desta vez.

— Abram! — a voz de uma mulher grita do lado de fora do apartamento.

— Você precisa devolver essa bolsa! — Tree sussurra. — Se está tentando nos ajudar de verdade, então precisa sair daqui. Vai se esconder em algum lugar!

Okoye deixa cair a bolsa esportiva e examina o apartamento rapidamente. Ela vê um conjunto de portas de vidro de correr do outro lado da sala. Corre até elas, sai para uma varanda e se esconde atrás de uma parede no mesmo instante em que alguém abre a porta da frente. Okoye espia e a vê. Stella Adams está atrás de alguns homens musculosos, seus capangas. Eles se afastam e permitem que ela entre no apartamento primeiro. Okoye observa os rostos de todos os adolescentes. Os olhos deles estão arregalados, bocas entreabertas e estão congelados, cada um no seu lugar. É visível que esta mulher tem muito controle sobre eles. Os olhos de Stella se movem em busca de algo ou alguém, então Okoye se esconde atrás da parede de novo. As portas de correr ainda estão abertas, e vai demorar alguns segundos até que Stella decida colocar a cabeça para fora.

Okoye não pode deixar que Stella a encontre ali. Não apenas porque os jovens serão repreendidos de alguma forma, mas porque o rei pode ficar sabendo; ou pior ainda: capitã Aneka. Talvez ela não seja enviada em mais nenhuma missão especial. Qualquer aliança que o rei tenha formado com Stella estaria arruinada, além de quaisquer planos que ela mesma tenha em Brownsville. Ainda mais importante: capitã Aneka perderia a confiança em Okoye, e isso poderia comprometer as chances de outras Dora Milaje viajarem para os Estados Unidos. Ali está ela, a mundos de distância de casa, colocando a própria vida em perigo, e nem é pelo rei. Ela também está colocando a vida desses jovens em perigo se Stella a encontrar.

A varanda é pequena e estreita, mas há espaço suficiente para ela se afastar da janela e esperar até que Stella vá embora. Okoye ouve a voz de Stella se aproximando.

— Fiquei sabendo que vocês receberam uma visita — a mulher comenta.

— Sim, havia essa senhora bisbilhotando, mas nós cuidamos dela — diz Mars rapidamente.

— Ah, cuidaram? — Stella pergunta.

— Ela só queria ajudar crianças pobres e problemáticas como nós, só isso — acrescenta Tree. — Dissemos a ela que estamos bem.

— É mesmo? — diz Stela. A voz dela está muito mais próxima agora, como se ela estivesse bem perto das portas de correr.

Há uma pilha de tijolos na varanda, talvez restos de material de construção de quando este prédio estava sendo erguido. Okoye percebe uma brasa ardendo em um deles. Ela quer apagá-la, mas isso a tornaria visível para Stella.

— Não precisa fazer isso, Stella — Okoye ouve Tree dizer. — Não queremos que essa fumaça vermelha entre no apartamento.

— Ah, estou apenas praticando. Só isso — diz Stella. — E, além disso, vocês estão acostumados com esse ar vermelho.

E num piscar de olhos, a pilha de tijolos explode, lançando uma lufada de ar quente no rosto de Okoye. Chamas azul-alaranjadas lambem as pernas dela e se espalham por toda a varanda.

Por sorte, todos os andares do prédio têm varandas, então Okoye calcula a distância entre a que está e a de baixo num instante, antes de passar por cima do parapeito e saltar da beirada, pousando em um gramado falso e quase derrubando um vaso de plantas. Ela vê um casal através das portas de vidro. Eles são diferentes de todos ali. São brancos; Okoye não se lembra de ter visto nenhum colonizador em Brownsville, mas há dois deles ali, em um apartamento lindamente mobiliado cujas paredes estão cobertas de obras de arte e prateleiras de livros.

Um deles se vira depressa, e Okoye salta sobre o parapeito daquela sacada e depois da que estava abaixo, até chegar ao nível do solo. A entrada do prédio fica na lateral, e vários homens estão guardando as portas da frente. Okoye rapidamente se esconde atrás de uma lixeira e sai do complexo, rastejando, pulando, se esquivando e correndo até deixar Brownsville, pegando a linha três do metrô de volta para o centro de Manhattan, ofegante, suando e com tanta adrenalina nas veias, que se sente pronta para lutar uma guerra.

Capitã Aneka está parada no meio do quarto do hotel de braços cruzados quando Okoye entra na ponta dos pés. Okoye congela, deixando a porta bater atrás dela.

— Fui correr — diz Okoye. — Vi que nova-iorquinos gostam de fazer isso. Eles correm para lugar nenhum a qualquer hora da noite.

— E acabou em Brownsville de novo? — Aneka retruca com firmeza, segurando uma conta Kimoyo na palma da mão. — Está sendo desonesta comigo.

Okoye inspira e desvia o olhar. Ela não diz nada; apenas começa a tirar a roupa de corrida.

— Okoye, por favor — diz Aneka. — Não quero que haja desconfiança entre nós.

Okoye se senta na cama e exala.

— Eles são apenas alguns anos mais novos que nós, capitã. Lembra-se de nós aos dezesseis anos? Brilho no olhar, tão cheias de potencial.

— Éramos jovens, mas não estávamos com a cabeça nas nuvens — diz Aneka.

— Sim, éramos duras e fortes, mas ainda jovens. Éramos Dora Milaje antes mesmo de sabermos o que isso significava. Mas tivemos tempo para ser… *crianças.*

Aneka senta-se ao lado de Okoye.

— Aqueles garotos de quem você estava me falando… É isso que viu neles?

— Eles estão fazendo coisas que não deveriam fazer apenas porque não têm outra escolha. O PiroÊxtase controla a mente deles.

Aneka exala.

— É assim em qualquer lugar do mundo, Okoye. Não deve permitir que seu coração fique tão apegado.

— Mas não estamos em qualquer lugar do mundo. Estamos aqui nos Estados Unidos, na cidade de Nova York, um dos lugares mais ricos do mundo.

Capitã Aneka se levanta para olhar para Okoye de cima.

— Você precisa se manter afastada. Não há problema em se preocupar, mas não temos o dever de ajudar essas crianças. Wakanda é nosso dever. Rei T'Chaka é nosso dever. Esqueça, Okoye. Parece que você não vai conseguir recuperar o sono perdido. Podemos muito bem nos preparar para os compromissos de amanhã.

— Vamos nos encontrar com Stella Adams?

Aneka respira fundo.

— Ela tem um almoço planejado.

— Tree e Mars poderiam ser eu e você se tivéssemos vindo a este mundo em circunstâncias diferentes — diz Okoye, olhando intensamente para uma pintura na parede.

— Você precisa se manter afastada, Okoye. Está comprometendo não apenas a si mesma, mas a segurança do rei e sua posição como Dora Milaje quando se esgueira pela noite dessa forma. Caso se intrometa mais, pode expor o que Wakanda de fato é para o resto do mundo. Espero que não tenha prometido nada para aqueles adolescentes, Okoye.

— Diga, capitã. O que Stella Adams está comprometendo ao visitar aqueles adolescentes em Brownsville? Por que ela estava no apartamento deles? O que ela está expondo ao estar lá?

Aneka se aproxima de Okoye mais uma vez.

— Seja o que for, os riscos para ela são diferentes. Não é da nossa conta. Stella não foi nada além de cordial e acolhedora com nosso rei. Isso é o que mais importa agora.

— Devo desviar o olhar quando algo terrível está acontecendo com aqueles adolescentes e sua aldeia?

— Aldeia? Não há aldeias aqui, Okoye. Apenas… não sei… lugares colonizados. Se eu pudesse ajudar você e a eles de alguma forma, eu o faria. Mas não estamos em Wakanda. Em breve voltaremos para casa e toda a nossa atenção será necessária lá.

— Lugares colonizados, é? Acho que aqui os colonizadores nunca foram embora. Eles colonizam de novo e de novo. Não como na África, onde as pessoas comemoram a independência todos os anos, certo? Que independência eles têm aqui, hein, capitã? Eles não são livres. As casas deles estão sendo destruídas para construir prédios altos e brilhantes entre ruínas. Ruínas, Aneka. Eles chamam isso de gentrificação. Tree me explicou tudo isso. E esses colonizadores estão fazendo o povo, *nosso* povo, queimar as próprias casas — Okoye declara quase em um único fôlego. Então ela abaixa a cabeça como se tivesse falado demais. As palavras estavam entaladas na garganta dela, e é um alívio finalmente colocá-las para fora. Mas ela sabe que não há nada que sua capitã possa fazer.

— Você parece se importar muito, Okoye. — É tudo o que capitã Aneka diz.

— Eu me importo, e você deveria ter me informado sobre a história desses lugares. Parecemos colonizadores quando visitamos países, cidades e até bairros sem conhecer toda a verdade de quem mora ali. — Okoye levanta a manga, toca uma conta Kimoyo no bracelete, que começa a pulsar e brilhar. — Pesquise a história de Brownsville e Stella Adams — diz Okoye para a conta. Uma voz responde:

Compilando dados. Acessando o banco de dados históricos da Biblioteca Pública de Nova York. Pesquisa concluída.

Em segundos, a conta projeta um holograma de fumaça vermelha rodopiante antes de dar lugar a uma paisagem urbana em preto e branco que vai do chão ao teto do quarto do hotel. A imagem aumenta até que Okoye e Aneka reconheçam as ruas de Brownsville. Mas algo está errado. As ruas são as mesmas, mas os prédios são diferentes, de arquitetura antiga, mas limpos e novos. As placas de rua menores e mais estreitas com as bordas arredondadas permitem que elas saibam que essa é uma imagem do passado, e os postes da rua parecem mais luminárias altas e antiquadas. Há pessoas, mas não como as que viram em Brownsville.

— Colonizadores! — Okoye exclama.

O holograma se aproxima ainda mais de um prédio onde uma garotinha pula corda sozinha. Ela está usando um vestido e meias de renda. Acima dela, uma mulher idosa usando um lenço põe a cabeça para fora.

— Estelle! — a mulher chama. A voz dela está fraca no vídeo.

— Já vou, vovó — a garotinha responde e deixa cair a corda no chão no momento em que um homem caminha em direção a ela. Ela corre até ele, que a pega, abraçando-a com força. — Papai! — a menina exclama.

O homem a coloca no chão e segura a mão dela enquanto entram juntos no prédio. A velha observa a rua enquanto acena para os transeuntes. Uma caixa de correio ao lado da porta da frente do prédio diz: "Os Adamski".

A imagem do holograma acelera como se estivesse avançando depressa. As pessoas brancas começam a desaparecer uma a uma enquanto pessoas de diferentes raças começam a aparecer. Algumas com pele marrom-clara e cabelos longos, escuros e encaracolados. As crianças brincam nas ruas, bem como pessoas se escondem em cantos e dormem em cima de pedaços de papelão, aparentemente engolidas por uma tristeza invisível. Logo há mais pessoas negras como as de Wakanda. Os edifícios também mudam junto às pessoas. Tornam-se desgastados e dilapidados. O holograma desacelera mais uma vez para ampliar um terreno vazio no local onde a garota e o prédio estiveram. Um carro para e do banco de trás surge uma mulher loira: Stella.

O holograma recua de volta para a conta.

— É ela? Stella Adams — Okoye sussurra.

— Não — diz a capitã. — Parece que Stella Adams foi batizada em homenagem a ela. Uma avó, talvez. As placas, os carros, as roupas revelam que isso foi há muitos, muitos anos. Brownsville era o lar da família de Stella. O centro comunitário fica onde ficava a casa da família dela.

— Então é claro que ela gostaria de se apossar do lugar, não importa quem mora lá agora. Ela está tentando tomar o que pensa que é dela.

— Não importa. Isso não nos diz respeito, Okoye — diz Aneka. — Prometa que não vai interferir. E se algo acontecer ao rei e você estiver vagando por Brownsville? Está claro que Stella tem interesse em Brownsville, e preciso que fique fora do caminho dela. Preciso de você aqui. Wakanda precisa que esteja ao lado do seu rei.

— Eu sei, eu sei.

Okoye se levanta da cama e ergue a cabeça, lembrando-se que é Dora Milaje antes e acima de tudo. O dever chama, e esse dever é para com seu rei e sua nação. Ela deve tentar tirar da cabeça tudo o que aprendeu sobre Tree, Mars e Brownsville. O treinamento dela a ensinou a manter o foco no momento, a estar alerta e não sonhar com o que poderia ou deveria ter acontecido em uma potencial utopia. Okoye viu a beleza de Brownsville nos rostos das pessoas e na arte que cobre as paredes ainda de pé. Ela a ouve na música e na linguagem. A verdadeira Brownsville existe sob as camadas de dor e sofrimento, sob os escombros, e até mesmo enterrada profundamente como sementes de flores que prometem florescer um dia à luz do sol, se alguém remover as nuvens pesadas, escuras e esfumaçadas. Ou melhor, aquele espesso ar vermelho.

Os telefones de Okoye e Aneka vibram. Com certeza é o rei, então as duas correm para ver se ele está com algum tipo de problema, se perguntando por que não usou uma conta Kimoyo. Mas apenas as palavras "Boa noite, Dora Milaje" aparecem na tela.

Capitã Aneka ri.

— Não podemos deixar esses dispositivos primitivos acumularem poeira enquanto estão conosco. Eles devem ser úteis para alguma coisa. Okoye, envie uma mensagem para o rei por formalidade.

Quando Okoye pega o telefone dela, percebe que um novo contato foi adicionado à pequena lista: Tree Foster é seu contato mais recente. Ela deve ter acrescentado quando pegou o telefone de Okoye. Okoye rapidamente responde ao rei apenas com "Boa noite, Vossa Majestade".

Então, em uma nova mensagem, ela digita: "Não posso tê-la como contato neste telefone. Sinto muito, Tree Foster. Não vou mais incomodar você e nem seus amigos em Brownsville. Fique bem". Okoye a envia para Tree e espera no banheiro por uma resposta da garota. Será o fim entre ela e Brownsville de uma vez por todas. Mas Tree não responde.

A manhã chega e Okoye verifica o telefone mais uma vez. Não há resposta de Tree.

— Está esperando uma mensagem do rei? — Aneka pergunta. — Deveria checar sua conta Kimoyo.

— Não — diz Okoye, excluindo a mensagem enviada e o contato de Tree com hesitação. Algo se instala na boca do estômago dela. Tree gravou o número no telefone de Okoye por um motivo. Mas ela não pode arriscar que a capitã ou o rei vejam esse nome ali. Eles farão perguntas demais para as quais ela não terá respostas. Ainda assim, por que Tree não respondeu à mensagem dela? Não importa. Acabou. Tree, Mars e Lucinda Tate estavam vivendo a vida delas antes de Okoye chegar à cidade de Nova York, e continuarão a viver a vida delas por muito tempo depois que ela for embora. Seja qual for o destino que as espera, não é da conta de Okoye. Isso é o que ela diz a si mesma para que possa finalmente ter um pouco de paz de espírito em Nova York, ao que parece ser mundos de distância da própria casa, Wakanda.

Tarde da noite, uma conta Kimoyo vibra na pulseira de Okoye. O brilho vermelho-alaranjado permite que ela saiba que Ayo está tentando contatá-la. Não querendo perturbar a capitã enquanto ela dorme, Okoye vai na ponta dos pés até o banheiro. Então coloca a conta no balcão e recebe o holograma de Ayo com um sorriso grande e radiante.

— Irmã! — Okoye cumprimenta.

— Eu não tinha certeza se conseguiria falar com você — diz Ayo. — Sei que é meia-noite em Nova York, mas já é manhã em Wakanda.

— É tão bom vê-la, Ayo!

102

— Okoye, você tem se comportado mal?

— Quem? Eu? Comportado mal? De onde você tirou essa ideia? — Okoye pergunta, sabendo que a capitã e Ayo estiveram se comunicando.

— Nós, Dora Milaje, estamos conectadas de mais formas do que você imagina, Okoye.

— Ayo, nem você nem a capitã me prepararam para esta viagem. Estou vendo e aprendendo coisas que não poderia ter imaginado.

— Lembro muito bem da minha viagem. Por favor, Okoye, saiba que você foi preparada. Há tanto sobre o mundo que nem mesmo uma conta Kimoyo pode nos revelar. Temos que ver por nós mesmas. Há guerras grandes e pequenas que estamos preparadas para lutar. Mas nem todas as batalhas nos pertencem.

— Se você diz que estamos preparadas, então deveríamos travar todas as batalhas. Há pessoas que estão perdendo todas as guerras. Por que não devemos ajudá-las?

— Porque não somos um exército para o mundo. Há lados demais para escolher.

— O lugar se chama Brownsville, e não é o mundo. É um bairro do Brooklyn e eu queria ajudar as pessoas que moram lá, mas capitã Aneka me convenceu de que não é da minha conta. Eu sou necessária para Wakanda e apenas Wakanda.

— Ela está certa. E você também estava certa em querer ajudar. Okoye, também somos Wakanda. Wakanda existe por nossa causa. Então, aonde quer que vamos, levamos Wakanda conosco, toda ela. Sua guerra, seja interna ou externa, é nossa guerra.

Uma interferência estática aparece no holograma e a imagem de Ayo fica desfocada. Okoye toca na conta para cortar a transmissão no instante em que a capitã bate à porta do banheiro.

CAPÍTULO 9

— Por favor, capitã Aneka e Okoye — diz o rei T'Chaka enquanto se aproximam de uma sala de conferências no último andar de um prédio na manhã seguinte. — Se puderem ficar de guarda do lado de fora da sala de reuniões, eu agradeceria muito. Fui informado de que esta era uma reunião privada e apenas para convidados.

— Meu rei, não podemos deixá-lo sozinho lá dentro — diz Aneka.

— Pelo menos, permita darmos uma olhada na sala de conferências — diz Okoye. Afinal, isso é algo que requer a atenção dela. Uma reunião privada? E o rei não quer que estejam ao lado dele? Qual pode ser o objetivo disso?

Okoye entra na sala de conferências e vê uma tela gigante exibindo o logotipo das Organizações Nenhuma Nação Deixada Para Trás. Em frente à tela há panfletos com fotos de crianças brincando do lado de fora de prédios altos e reluzentes. Para Okoye tudo parece apenas mais uma reunião, mas ela não consegue se livrar da sensação incômoda de que é mais do que isso. Não há provas, apenas os instintos de Dora Milaje.

— Está tudo certo, meu rei — diz Okoye quando sai da sala de conferências.

— Obrigado, Okoye. Espero que compreenda que tenho de respeitar as regras de meus anfitriões. Há segredos que tenho que guardar para a segurança de nossa nação e a segurança de outros, tenho certeza de que capitã Aneka explicou tudo isso a você. No entanto, se houver algo que afetará diretamente minha segurança ou a de Wakanda, você com certeza saberá — diz o rei enquanto começa a se afastar de Aneka e Okoye.

— Vai nos contar mesmo que não seja sobre Wakanda? — Okoye pergunta. Capitã Aneka lança um olhar para ela e o rei franze a testa.

— Não, não vou — responde rei T'Chaka. — Também tenho um dever para com meus anfitriões aqui. Eu gostaria de ser convidado para voltar, você sabe. Mas confie em mim, se houver algo que coloque Wakanda em perigo, você saberá antes que as palavras saiam da minha boca.

Com o canto do olho, Okoye vê Stella Adams se aproximando deles. A loira finge não vê-la, mesmo enquanto desliza a mão pelo ombro do rei T'Chaka e o beija na bochecha. O rei fica surpreso com o gesto.

— Ah, Stella, que bom vê-la. Sabe, devo lhe dizer que estou ansioso para que conheça minha esposa, a rainha Ramonda.

— Bom dia, Majestade — Stella diz. — Eu adoraria conhecê-la e tenho certeza de que ela é uma rainha adorável. E ouvi falar de sua falecida esposa, N'Yami… Sei que estou alguns anos atrasada, porém lamento muito por sua perda.

Okoye aperta a mandíbula e Aneka arregala os olhos para ela.

— Senhoritas — Stella acena para Okoye e Aneka.

— Bom dia, sra. Adams — diz Aneka. Okoye permanece em silêncio.

— Espero que as duas tenham tido uma noite tranquila. Ouvi dizer que aqueles lençóis do hotel parecem ter sido feitos da respiração de um bebê. Tão incrivelmente macios, não acham?

Okoye encara Stella, mas é a primeira a desviar o olhar. Ela fez uma promessa à capitã e a si mesma, assim como ao rei e a Wakanda. Ela vai deixar assuntos sem importância de lado. Nada disso está relacionado a Wakanda.

Rei T'Chaka e Stella se afastam em direção às portas da sala de conferências. Outros convidados começam a chegar, e o saguão está fervilhando de conversas. Um pequeno grupo de jovens, adolescentes como Tree e Mars, entra no saguão. Estão usando ternos e saias, e olham ao redor como se nunca tivessem entrado em um prédio como aquele antes.

Okoye gesticula para a capitã Aneka dar uma olhada neles.

— Jovens demais para serem diplomatas, não acha?

Aneka apenas franze a testa e mantém os olhos nos jovens. Há seis deles, e os rostos estão iluminados com sorrisos e olhares radiantes. Okoye os examina, esperando ver alguém familiar, mas ela nunca os viu antes — nem em Brownsville, nem nos trens. Claro, a cidade de Nova York é um lugar grande. Existem milhões de jovens, mas por que algum deles estariam em uma reunião privada das Organizações Nenhuma Nação Deixada Para Trás?

Uma garota caminha até Okoye e Aneka e estende a mão.

— Olá. Vocês duas devem ser representantes de Wakanda — diz a garota, sorrindo, revelando um aparelho dentário. As longas tranças dela caem sobre um blazer amarelo brilhante.

Nem Okoye nem Aneka pegam a mão dela.

— Como soube? — Aneka pergunta.

A garota aponta para um broche na lapela de Okoye, algo que Okoye não havia notado até então. Okoye sorri.

— Ah, sim. Conhece a bandeira de Wakanda?

— Conheço todos os países da África — diz a garota.

— E o que está fazendo aqui? — Aneka pergunta.

—Tenho um estágio na ONNDPT. Todos nós temos. Trabalho para a sra. Adams.

Okoye respira fundo no momento em que Aneka olha de relance para ela.

— O que faz para a sra. Adams? — Okoye pergunta.

— Lily! — alguém chama. Stella está parada na entrada da sala de conferências enquanto chama a garota.

—Tenho que ir, mas quero aprender mais sobre Wakanda. Talvez visitar para ajudar as crianças pobres a ler ou algo assim. Como a sra. Adams está ajudando as de Brownsville. Então talvez eu veja vocês de novo algum dia. Muito prazer em conhecê-las! — a garota diz alegremente, e corre em direção a Stella.

— Nem pense nisso — diz Aneka com os dentes cerrados.

— Pensar no quê?

— Não se intrometa em coisas que não têm nada a ver com Wakanda. Lembre-se de sua promessa, Okoye.

Okoye inspira e tenta afastar este pensamento da mente: por que Stella tem todos esses garotos trabalhando para ela? Ela os tem em Brownsville e agora há mais aqui nesta reunião secreta. E como ela está ajudando essas crianças "pobres"?

— Talvez eu devesse ver como o rei está — Okoye diz, pensando que poderia espiar na sala de conferências.

— Se precisar de nós, ele sabe onde estamos — diz Aneka.

Capitã Aneka está certa, Okoye percebe. Ele pode precisar delas para alguma coisa. Como Dora Milaje, ela tem que estar sempre presente e alerta. É como se Okoye desligasse um interruptor para ligar outro. Ela fica de pé ao lado das portas da sala de conferências, sorrindo educadamente para as pessoas que passam e acenando com a cabeça quando cumprimentada, mas deixa que Aneka conduza as conversas sobre amenidades. Ela ainda não tem certeza se é uma modelo ou apenas uma guarda-costas agora, mas se mantém a postos e não deixa que a mente vague para outros lugares e pessoas.

Duas horas se passam antes que as portas da sala de conferências enfim se abram e uma pequena multidão comece a sair. Okoye dá uma olhada para dentro da sala, onde a tela com o logotipo da ONNDPT agora também exibe as palavras "Uma árvore cresce em Brownsville". Ela já viu essas palavras antes na camiseta de Lucinda Tate. Os pensamentos de Okoye disparam. Se Stella tem algo a ver com o que Lucinda está fazendo em Brownsville, então por que ela não estava na festa de inauguração?

Okoye observa Stella de soslaio. Os adolescentes a cercam e parece que ela está dizendo palavras de incentivo a eles. Okoye começa a se aproximar, mas a voz do rei a força a parar e girar em direção a ele.

— Sim, Majestade — Okoye diz.

— Aonde está indo?

— Aqueles jovens… eles são tão amáveis. Eu queria terminar uma conversa que comecei com um deles. Lily, acho que é o nome dela — diz Okoye.

O rei T'Chaka se aproxima dela, e a capitã está logo atrás dele.

— Ah, sim. São os jovens mais precoces que já conheci. Eu não sabia que ajudaram na construção daquele centro comunitário que visitamos em Brownsville. Tão desonesto por parte daquela mulher ficar com todo o crédito. Qual era o nome dela?

Okoye levanta as sobrancelhas e Aneka se aproxima para encarar o rei, mas adverte Okoye silenciosamente para não levar essa conversa adiante.

Mas Okoye diz:

— O nome dela é Lucinda Tate. A sra. Adams a mencionou nesta reunião?

— Estou feliz que a reunião tenha sido informativa, Vossa Majestade — Aneka interrompe. — Vamos voltar para nossos quartos para descansar um pouco antes do próximo evento?

— Vocês duas vão na frente. Vou ficar e terminar uma conversa com a sra. Adams — diz o rei T'Chaka.

Okoye e Aneka trocam olhares.

— Meu rei, qual é o propósito desta conversa com a sra. Adams? — Okoye pergunta sem hesitar.

— Ela gostaria que eu aprendesse mais sobre os planos da ONNDPT de expandir para outras nações. Está claro que Wakanda está no radar dela. Posso pelo menos ouvir o que ela tem a dizer, mas não se preocupe. Estarei atento caso ela esteja falando da boca para fora, como dizem. Se ela disser uma coisa querendo dizer outra, terei quatro ouvidos para entender.

— Acho que a rainha Ramonda adoraria ouvir sua voz. Devemos ligar para ela quando terminar sua conversa? — Okoye diz.

— Sim, isso seria bom — diz o rei.

— Meu rei, vamos esperá-lo aqui. Prefiro que estejamos ao seu lado — acrescenta Aneka.

— Muito bem, então. E, por favor, avise a rainha que ligarei para ela mais tarde.

Rei T'Chaka se afasta e Okoye exala.

— Capitã, como está mantendo suas suspeitas sob controle? Você suspeita daquela mulher, não?

— É claro. Mas tudo o que podemos fazer é observar e permanecer atentas. Nosso rei não é um tolo, Okoye.

— Eu acredito que a sra. Adams pensa que ele é — diz Okoye.

Aneka não responde e se afasta de Okoye como se estivesse voltando ao seu posto. Mas não há postos ali. Okoye e Aneka não têm locais designados para ficar e esperar as ordens do rei. No entanto, não importa quantas vezes Aneka brinque que são supermodelos de Wakanda, os instintos de Dora Milaje dela estão sempre sob a superfície desses falsos exteriores. A capitã está agindo segundo seus instintos tanto quanto Okoye está agindo segundo os dela. Ou será que está? Foram os instintos de Dora Milaje de Okoye que a fizeram se sentir atraída de volta para Brownsville? Ou fora algo a mais? Ainda assim, Okoye também fica a postos, mantendo a atenção focada no rei, mesmo enquanto Stella Adams continua se atirando para ele.

Stella olha para Okoye e Aneka, e gesticula para que o rei a siga de volta até a sala de conferências. As portas se fecham. Okoye começa a se dirigir para o recinto sem olhar para Aneka, que com certeza protestaria, mas antes que ela dê mais um passo, o telefone dela vibra e imediatamente ela sabe que é Tree.

"Precisamos da sua ajuda", diz a mensagem de texto. "Mars se machucou."

Okoye não fica muito tempo questionando sua nova posição como super-heroína para essas garotas. Elas a chamaram para ajudar e não há mais nada a fazer a não ser aparecer. Até o rei vai entender essa necessidade de servir e proteger, e talvez Aneka não vá protestar por ela ir embora no meio de mais um evento para ajudar essas crianças. Mas Okoye não explica. Ela apenas diz:

— Já volto. — Então entra no elevador, desce até o saguão, de onde sai do prédio para pegar um táxi até Brownsville.

CAPÍTULO 10

— Não tem medo de me deixar aqui? — Okoye pergunta enquanto o motorista entra em Brownsville e estaciona em frente ao complexo de apartamentos.

— Medo de quê? — ele diz com um grande sorriso. — Esse é meu povo. Por que teria medo dele? Eles estão apenas passando alguns momentos difíceis, só isso. Tenho certeza que acontece a mesma coisa no lugar de onde você veio. Mas, sabe, depois da tempestade sempre vem a calmaria. Não é mesmo?

— Sim, você está certo — diz Okoye, um pouco surpresa com o otimismo do motorista. Antes mesmo de Okoye sair do táxi, um guarda corre e abre a porta para ela. Os guardas abrem espaço para ela passar pelos portões que levam ao complexo de apartamentos. Na outra noite, ela teve que fugir daqui. Agora é uma convidada bem-vinda por causa de Mars.

Um garoto usando uma jaqueta jeans e um boné de beisebol verde está parado na porta do prédio. Okoye o reconhece do apartamento na outra noite. Ele gesticula para que ela o siga. Logo entram em um elevador e o menino permanece em silêncio, balançando ao ritmo da música que toca nos fones de ouvido dele. As portas do elevador se abrem, e Tree está parada ali com os braços cruzados sobre o peito e a testa franzida como se carregasse o peso do mundo.

Tree descruza os braços e exala.

— Obrigada — murmura.

— Onde ela está? — Okoye pergunta.

Tree corre para o apartamento com Okoye logo atrás. Assim que a porta da frente se abre, Okoye vê Mars deitada no sofá de couro preto. Ela não está sangrando e as roupas delas estão intactas, mas está inconsciente. O rosto está tenso como se o que quer que a tenha deixado inconsciente tivesse sido muito doloroso.

Okoye não precisa perguntar o que aconteceu. Os detalhes nunca importam. A vida e a alma da pessoa vêm em primeiro lugar. Instintivamente, ela busca a pulseira Kimoyo escondida sob a manga da camisa. Mas Tree está espiando por cima do ombro dela. Há cinco outros jovens parados ao redor, alguns roendo as unhas, alguns andando de um lado para o outro, outros olhando para Okoye como se ela estivesse prestes a fazer um milagre. Ela está, mas eles não devem saber.

Okoye passa uma das contas para a palma da mão. Então coloca a mão sobre a testa de Mars, permitindo que a conta fique ali por um momento, brilhando e vibrando enquanto o calor penetra na cabeça da garota. Um raio de eletricidade belisca a mão de Okoye e, em um instante, Mars começa a tossir, mas não acorda. Okoye rapidamente coloca a conta de volta na pulseira.

— O que você fez? — Tree pergunta, correndo para abraçar a namorada.

— A maldição foi quebrada — diz Okoye.

— Maldição? Como você sabia que era uma maldição? — Tree pergunta.

Os olhos de Okoye encontram os de Tree.

— Ela não estava se movendo. O que mais poderia ser?

O clima no apartamento muda quando as crianças começam a brincar e conversar entre si.

— Olha, você não vai trazer essas crenças africanas para cá — diz Tree. — Ninguém amaldiçoou ninguém. Ela só... entrou numa briga, só isso.

— Você não acha que uma briga é uma maldição? Uma maldição resulta de más intenções. Alguém queria machucá-la. Quem estava tentando machucá-la? Ela tomou PiroÊxtase? — Okoye pergunta.

— Você e esse PiroÊxtase — Tree diz, balançando a cabeça. — Quando esteve aqui, você disse que queria ajudar, então queríamos ver o que é capaz de fazer.

Okoye vai até Mars e segura a mão dela.

— Ela precisa de um médico. Eu sou uma guerreira.

— Quem é essa mulher, afinal? — pergunta um dos garotos presentes. Ele é alto e desengonçado, mas com uma presença dominante.

Uma batida forte na porta faz todos se sobressaltarem, exceto Okoye, que salta em direção à porta com tanta velocidade que todos arregalam os olhos.

— Nossa! — alguém diz. — Alguém mais viu isso?

Outra série de batidas.

— Alguém chamou a emergência? — a voz de uma mulher diz do outro lado da porta.

Todos os adolescentes negam com a cabeça.

— Nós nunca trazemos nenhuma autoridade para cá— Tree sussurra.

Mas Okoye a ignora e abre a porta.

— Mas os guardas os deixaram entrar. Afinal, tem uma emergência aqui.

Um homem e uma mulher vestidos com uniformes de paramédicos estão no corredor com uma maca atrás deles.

— Está tudo bem? Recebemos uma ligação informando que alguém havia se machucado neste apartamento — diz a mulher.

— Não, estamos bem — diz um dos garotos.

— Não, não, eles não estão bem — diz Okoye, abrindo mais a porta. — O nome dela é Mars e ela precisa de um curandeiro.

— Não. Ela não abriu a porta — diz uma das outras garotas.

— De que planeta você é, senhora? — outro diz.

— Dissemos que estamos bem — diz Tree, aproximando-se da porta da frente.

— Senhora, você é a única maior de idade aqui? — o paramédico pergunta a Okoye.

Okoye olha para os jovens, que parecem estar decepcionados com ela. Mas ela está aqui para ajudar e é exatamente isso que pretende fazer.

— Sim, eu sou a adulta.

— Você ligou para a emergência?

— Não, ela não ligou — Tree responde. — E ela não é nossa responsável, então podem ir embora agora.

Okoye dá outra olhada em Mars, que não está se movendo. Ela sabe que qualquer que seja o problema dela, é interno. Não há mais nada que Okoye possa fazer sem revelar muito sobre a ciência das contas Kimoyo.

— Por favor, o nome dela é Mars e ela não está acordando — Okoye diz, e permite que os paramédicos entrem.

Tree olha para Okoye com tanta ferocidade que ela tem certeza de que é um feitiço. Mars é colocada na maca de forma rápida e gentil e os paramédicos a levam para fora. Okoye, Tree e os outros garotos descem as escadas até chegarem na ambulância, onde os paramédicos acomodam Mars.

— Naya — Tree diz para outra garota. — Vá com ela, eu não posso.

— Eu posso ir — diz Okoye.

— Não, Naya é irmã dela. É da família — diz ela, então abaixa a voz. — Eles vão fazer perguntas demais para você.

Naya embarca na parte de trás da ambulância, as portas se fecham e a ambulância se afasta com as luzes piscando e a sirene ecoando pelo quarteirão e por toda a vizinhança.

O som irrita os ouvidos de Okoye, mas ela percebe que sirenes estridentes são comuns em Brownsville. As pessoas se ferem o tempo todo aqui como se estivessem fazendo trabalho pesado em fazendas ou pastoreando gado. Alguém sempre precisa de socorro.

Tree se aproxima de Okoye e diz:

— Nós chamamos *você* para ajudar, não eles.

— Diga quem fez isso com ela e eu ajudo — diz Okoye.

Tree balança a cabeça.

— Na verdade você não precisava vir. Não precisa tentar nos salvar — diz ela.

— Foi Stella Adams quem fez isso? — Okoye pergunta.

— Ela sabe que você esteve aqui. O que quer que esteja acontecendo entre vocês duas, minha namorada pagou o preço por isso — Tree diz, baixando a voz.

— Eu não disse nada para ela.

— Viu quem estava seguindo você? Não sabe que, quando se aproxima de Stella Adams, ela vem farejando atrás?

— Sei quem ela é e por que ela está tão interessada naquele centro comunitário. Costumava haver um prédio lá, foi onde a mãe dela cresceu. Ela quer tomar de volta. Ela quer tomar toda Brownsville de volta. Vejo sinais dela em todos os lugares aqui — diz Okoye.

— O que você quer dizer com ela quer tomar de volta? — Tree berra. — Foi isso que ela disse a você? Bem, adivinhe? Não era dela em primeiro lugar. Minha mãe também cresceu aqui. E minha avó se mudou para este bairro provavelmente quando Stella e seu pessoal saíram daqui.

— Por que me pediu para vir? O que achou que eu poderia fazer por Mars?

Todos haviam se dispersado, e elas estavam paradas sob um poste de luz fraco enquanto mais sirenes soavam ao longe. Há um frio no ar, e Okoye só sente na cabeça e nas pernas, já que ainda está usando o blazer, a saia e os saltos das reuniões de hoje. Mas Tree está vestindo apenas uma camiseta e jeans, e Okoye percebe os arrepios na pele marrom-escura da garota.

Tree se vira e se aproxima de Okoye.

— Lucinda Tate nos disse que você e seus amigos estavam em uma missão humanitária — diz ela. — Que estavam participando de conferências e reuniões para aprender como ajudar as pessoas ao redor do mundo. Bem, Brownsville é o mundo. Precisamos de uma missão humanitária aqui.

Okoye exala, surpresa e aliviada com o que Tree está dizendo.

— Foi por isso que fiz todas aquelas perguntas. Eu queria saber. Se eu não souber nada sobre você e as pessoas daqui, então não saberei como ajudar.

— Eu vi o texto que você enviou. Você disse que não viria mais aqui.

— Eu… tenho outros deveres.

— Sim, eu entendo. A África é mais importante. Crianças pobres em outros países são mais importantes. Temos ambulâncias e polícia aqui, então estamos bem, certo? Tudo o que precisamos é ligar para a emergência, e todos os nossos problemas desaparecem.

Tree dá vários passos para trás, vira as costas e começa a se afastar.

Okoye vai atrás da garota e para bem na frente dela.

— Não é assim que penso, Tree. Eu sou de um lugar diferente. Eu só posso agir de acordo com o que vejo. Então você tem que me dizer como posso ajudar. É o PiroÊxtase? É Stella Adams ou algo muito pior?

— Então, no fim das coisas, você não aprende nada sobre os Estados Unidos, assim como a gente não aprende nada sobre a África.

Okoye é pega de surpresa por essa afirmação. Ela não tem uma resposta para Tree.

— Os fatos — é tudo o que Tree diz, e vai embora.

Okoye não a segue. Está derrotada. Ela repassa os últimos minutos na mente. E se não tivesse deixado aqueles curandeiros entrar — os paramédicos, era assim que os chamaram? E se ela tivesse usado mais contas Kimoyo em Mars e as segurasse contra a cabeça e o coração dela por muito mais tempo para que a tecnologia de cura fizesse efeito? Com certeza a garota teria acordado. Mas Tree teria feito perguntas que Okoye não poderia responder. E se tivesse ignorado a mensagem para começar? O que teria acontecido com Mars?

Okoye pega o caminho longo e demorado de volta à estação de metrô. Ela passa pelo escritório de Lucinda Tate, mas o local está escuro e vazio. Passa por pessoas paradas nas esquinas, que a olham com desconfiança. Ela passa pelo que parecem ser famílias inteiras amontoadas contra prédios, sobre folhas de papelão com todos os seus pertences empilhados em carrinhos de compras enferrujados. A fumaça sobe à distância e mais alguns prédios parecem ter sido incendiados desde a última vez que ela esteve ali. Tree está certa. Não há nada que Okoye possa fazer. Se este lugar está destruído por causa do PiroÊxtase, então como ela pode se livrar da droga sozinha? Se o PiroÊxtase existe por causa de Stella Adams, então como Okoye pode detê-la sozinha? Mais perguntas inundam a mente dela quando entra na estação de metrô. Há policiais por perto, então não quer correr o risco de ser repreendida, ou o que quer que façam com as pessoas que infringem as leis ali por pular a catraca. Ela toca em uma conta Kimoyo e a segura perto da catraca, que destrava. Okoye anda de metrô, repassando todos os eventos do dia na mente enquanto é levada para cada vez mais longe da destruição.

CAPÍTULO 11

Tanto Okoye quanto capitã Aneka memorizaram todos os compromissos do rei antes de chegarem a Nova York. Não havia necessidade de agendas nem de lembretes. Os telefones eram apenas uma formalidade para se parecerem com o resto do mundo, conectadas. Então Okoye sabe que tem quinze minutos para trocar o terno e colocar um vestido para mais um evento formal — uma peça da Broadway, desta vez.

Uma sensação de peso se instala na barriga dela. Capitã Aneka pode já ter verificado sua conta Kimoyo para saber onde ela está. Okoye terá que dizer a verdade e pedir ajuda. Ela se prepara para contar tudo à capitã exatamente conforme testemunhou. Se era sensato ou não envolver o rei, seria uma decisão de Okoye e Aneka. Ela respira fundo enquanto se aproxima dos elevadores, convocando a bravura e a integridade das Dora Milaje para contar tudo.

As elaboradas portas duplas do elevador se abrem para revelar nada menos que o rei T'Chaka. O coração de Okoye acelera. Ela prende a respiração por um longo segundo antes de dizer:

— Meu rei. Boa tarde.

Rei T'Chaka sai do elevador com capitã Aneka logo atrás dele.

— Boa *noite*, Okoye.

— Certo. *Noite.* — Okoye lança um olhar para Aneka, que tem uma expressão de lamento no rosto.

"Eu tentei", capitã Aneka gesticula com os lábios.

— Posso perguntar por que minhas duas guardas estavam separadas uma da outra? — rei T'Chaka pergunta. — Capitã Aneka me esperava fora da minha reunião com Stella, sem você, Okoye. Qual é a razão para isto?

Okoye abaixa a cabeça, não por culpa, mas por respeito ao seu rei. E não pode mentir.

— Meu rei. Estive de novo em Brownsville.

Rei T'Chaka suspira enquanto a decepção se instala no rosto dele.

— Não está se comunicando comigo, Okoye. Não usou uma conta Kimoyo nem informou capitã Aneka para onde estava indo.

— Peço desculpas pela minha negligência, meu rei — diz Okoye.

— Não temos tempo para sentar e discutir. Vamos andar e conversar — diz o rei.

Okoye, Aneka e rei T'Chaka saem do hotel e esperam pela limusine.

— Então, por que essa obsessão por Brownsville, hein, Okoye? — ele continua.

— Meu rei, se tivesse visto o que eu vi, seu coração estaria com o povo de Brownsville também — diz Okoye.

— Bem, nós estivemos lá, e parece que Stella Adams vai limpar a bagunça que Lucinda Tate começou. Vi tudo na apresentação de slides durante a conferência de hoje.

A limusine chega e o motorista dá a volta para abrir a porta traseira. Ele é um homem baixo e atarracado que parece alheio a quem eles são.

— Não, há mais por debaixo dos panos, majestade — Okoye continua quando todos estão dentro da limusine. — Stella Adams não está falando a verdade. Lucinda Tate está tentando fazer o melhor pelas crianças de Brownsville, mas há forças mais sinistras e poderosas tentando detê-la.

— Okoye — Aneka interrompe. — Por que não é direta e fala o que precisa?

Okoye suspira e diz, olhando para o motorista e baixando a voz:

— Meu rei, suspeito que Stella Adams e as Organizações Nenhuma Nação Deixada Para Trás estão explorando o povo de Brownsville. Ela está causando mais mal do que bem.

— Ah, bobagem, Okoye. Que provas você tem? — rei T'Chaka diz.

— Ela estava lá. Eu a vi visitando alguns dos adolescentes que faziam parte da banda marcial que vimos. Uma delas foi ferida hoje, e Stella Adams teve algo a ver com isso. Mas isso é apenas o começo.

— Prossiga.

— Há também uma coisa chamada PiroÊxtase. — Okoye de repente para de falar porque Aneka toca na perna dela. Nem precisa olhar para a capitã para perceber que cometeram um grande erro. Assim que para de falar, Okoye percebe por que Aneka a interrompeu. O motorista está ouvindo atentamente.

— Ah, sim. A sra. Adams compartilhou algumas informações sobre isso. Algo sobre incêndios e… faz as pessoas fazerem coisas terríveis — diz rei T'Chaka. — Mas a sra. Adams, seu marido e a ONNDPT estão todos tentando ajudar a limpar lugares como Brownsville. Não devemos atrapalhá-los.

— Não entende, meu rei — Okoye diz, sussurrando agora. — Limpeza significa algo diferente para eles. A ideia deles de sujeira não é igual à nossa.

— Okoye, como rei de Wakanda, já vi todo tipo de limpeza ao redor do mundo onde pessoas que se parecem conosco são consideradas lixo. Vi o pior dos seres humanos, e também o melhor — sussurra o rei. — Seja o que for que acha que a sra. Adams e a ONNDPT estão fazendo, deve ficar fora do caminho.

Okoye não diz mais nada por medo de que algo chegue até Stella. Decerto ela tem espiões em todos os lugares. Okoye se lembra do que Tree disse sobre se aproximar de Stella e o alcance que os capangas dela têm. Talvez este motorista seja um deles. Talvez estejam por todo o saguão do hotel e informem Stella quando Okoye sai e quando ela chega. Talvez seja por isso que Stella enviou uma mensagem para as crianças por meio de Mars.

O carro desce pela Broadway, onde luzes faíscam, anúncios e comerciais aparecem em telas enormes e as ruas estão cheias de turistas e pedestres. O peso de tudo o que ela experimentou nos últimos dias começa a se assentar em Okoye. Há tanto de *tudo* aqui neste lugar chamado Times Square: luzes cintilantes, coisas extravagantes, pessoas ocupadas. Em Wakanda, todos têm o suficiente, e há o suficiente para todos. Por que um pouco de todas essas riquezas aqui não pode chegar a Brownsville?

O carro estaciona na frente de um teatro onde um longo e aveludado tapete vermelho se estende da porta da frente até a beira da calçada. Um homem de terno estende a mão em direção à limusine para abrir a porta para rei T'Chaka sair, em seguida capitã Aneka, e Okoye por último. Antes de deixar a limusine, Okoye olha para o motorista, que está observando-a pelo espelho retrovisor. O rosto dele está calmo, mas estreita os olhos para ela, então força um sorriso. Okoye não sorri de volta. Ela sai do carro com uma profunda suspeita despertando no âmago.

Okoye e a capitã seguem o rei até um canto vazio e tranquilo do saguão do teatro. Todos olham ao redor. Ninguém presta atenção a eles à medida que mais espectadores chegam, e o saguão começa a se encher de pessoas que nunca viram antes. Nesta hora e lugar, eles podem ficar invisíveis por um momento.

— Okoye, o que quero dizer — diz rei T'Chaka, continuando de onde parou — é que há muitos casos em que eu gostaria de reunir todas as riquezas de Wakanda, distribuir um punhado de contas

Kimoyo, colocar um pouco de nossa tecnologia nas mãos de um curandeiro, porém, isso seria uma grande transgressão contra o trono, os anciões, e o povo de Wakanda. Vimos o que aconteceu em toda a África com estrangeiros vindo para tomar e levar, deixando-nos com nada além de fome, seca, derramamento de sangue, corrupção e ganância.

— Entendo, meu rei — diz Okoye, engolindo em seco. O rei não está lhe dizendo o que ela precisa ouvir. Como ele simplesmente vira as costas? Como não sente a necessidade de ajudar? Deve haver algo, com a ajuda de uma conta Kimoyo, que permitiria a um wakandano de coração nobre fazer a coisa certa.

— E eu a entendo, Okoye. É bastante admirável de sua parte querer ajudar. Dessa forma, sei que é uma Dora Milaje justa com um coração bondoso e um espírito guerreiro. Mas isso deve acabar agora. Eu não deveria ter que repetir como isso coloca a todos, *todos*, em perigo. — O tom de voz do rei é severo agora, um que ele usa apenas quando sente que é absolutamente necessário. Rei T'Chaka é de fato um nobre governante. Contudo, essa nobreza se estende apenas a Wakanda, e não a seus irmãos e irmãs em outras nações, aqueles que parecem wakandanos.

No entanto, que tipo de injustiça o rei T'Chaka testemunhou em outras partes do mundo? Com certeza ele está ciente da destruição da guerra, do abuso de crianças. Esses são os resultados de governos corruptos, de ganância e infortúnio generalizado. Em nenhum desses casos, talvez, o rei estivera próximo de quem estava causando essas injustiças. Ou talvez o rei tenha apertado a mão de instigadores de guerra muitas vezes. Ainda assim, se Stella Adams é responsável pelo PiroÊxtase e por Mars ter se ferido, então o rei deveria fazer algo a respeito; em especial, se está o tempo todo sorrindo para ele e convidando-o para reuniões privadas.

T'Chaka e capitã Aneka começam a entrar no teatro e ela vê Stella Adams à distância acenando para o rei.

— Meu rei — Okoye diz com suavidade para que ninguém mais possa ouvir —, Vossa Majestade não viu o que eu vi.

O rei olha para Stella de uma forma que deixa Okoye saber que talvez ele já esteja ciente do que ela é capaz. O rei é sábio, é claro. Ele sabe que o povo de Brownsville, e talvez de outras partes do mundo através das Organizações Nenhuma Nação Deixada Para Trás, sofrerá nas mãos de Stella Adams.

— Isso acaba agora, Okoye. E esta é a última vez que abordarei o assunto — diz o rei T'Chaka, com ainda mais severidade dessa vez.

Aneka pisca para Okoye, uma maneira não verbal de deixá-la saber que simpatiza com ela, mas sob as ordens de seu rei, ela tem que obedecer.

Stella tenta pegar o braço do rei quando eles se cumprimentam, mas o rei T'Chaka se afasta com delicadeza. Nesse momento, Okoye percebe que saber não é suficiente. Ter consciência da injustiça não significa nada se não houver alguma ação para efetuar uma mudança. Isso é o que ela sente na alma. Ela não é um rei. Ela não é política, nem diplomata. Ela é uma Dora Milaje, protetora do trono de Wakanda. Vendo o quanto Stella Adams está tentando se aproximar do rei, talvez proteger o povo de Brownsville também seja proteger o rei de qualquer plano sinistro que ela tenha para ele. E, definitivamente, ela tem um plano. Okoye tem certeza disso. Mas as mãos dela estão atadas. Ela não tem poder de decisão quanto ao assunto.

Okoye segue a multidão até o teatro e toma um assento ao lado de Aneka. Ela se sente tão deslocada ali, com aqueles assentos macios e a arte elaborada cobrindo o teto. Elas estão a algumas fileiras do palco e Okoye olha ao redor para ver que há muitos tipos de pessoas na plateia, exceto as que se parecem com elas duas. Embora o rei não tenha mencionado, ela suspeita que esses ingressos tenham sido presente de Stella. Ela sabe que o rei está recebendo tratamento especial em troca de algum favor. Mas o que poderia ser esse favor? Não há mais nada a fazer a não ser se afastar, parar, observar e proteger. Okoye mal consegue aproveitar o espetáculo, que é uma ópera hip-hop em que todo o elenco está vestido com roupas de um tempo longínquo e de um lugar distante. A mente dela retorna a Brownsville, Tree e Mars. O chamado é mais forte agora, mas ela está presa aqui assistindo a um espetáculo realizado por atores que poderiam ser essas mesmas jovens. Um caminho diferente os levou até ali, e Okoye se pergunta por que todas as crianças do mundo não estão viajando pela mesma estrada; uma estrada que poderia levá-las a um palco onde o público celebra os talentos e os dons delas com uma ovação.

Okoye e capitã Aneka descansam a noite enquanto assistem ao noticiário. Isso de fato são férias porque elas nunca estiveram tão inativas desde que se tornaram parte das Dora Milaje. Em Wakanda, há muito pouco tempo livre para as Dora. Cada momento livre é dedicado ao exercício e recuperação. Elas não o chamam de descanso. Chamam de combustível. Comida é combustível. Sono é combustível. Então, para que serve sentar-se numa cama vendo outras pessoas lhe dizendo o que pensar e o que fazer?

— Por que estamos assistindo a essa bobagem, capitã? — Okoye pergunta.

— Essa bobagem é informação. Não quer saber mais sobre os Estados Unidos? Até o que eles consideram cômico e divertido é bastante fascinante — diz Aneka.

— Sinto como se estivesse perdendo neurônios só de assistir a isso.

— O que eu falei, Okoye? Não deve ser tão crítica. Apenas observe. Aprenderá muito mais só prestando atenção ao que está acontecendo sem nenhum tipo de plano.

— Ou o que eles dizem que está acontecendo — diz Okoye, depois de assistir a alguns minutos das notícias em que não havia menção a Brownsville ou ao PiroÊxtase. Ela viu o que não querem que as pessoas acreditem que está acontecendo nos Estados Unidos.

— Vamos praticar alguns movimentos de combate, capitã — diz Okoye. — Podemos deixar isso passando.

Aneka concorda e puxa a lança de vibranium, gira o pulso e a arma estende até quase o dobro da altura dela. Por sorte, os tetos do quarto de hotel são altos o suficiente para Aneka manobrar a lança na mão. Okoye também se posiciona. Ela apenas estica o braço e a lança se estende da manga na posição horizontal, quase acertando uma luminária. Elas precisarão ter cuidado, mas a necessidade de segurar a lança nas mãos e entrar em uma batalha amigável é muito forte para se preocuparem com qualquer dano aos móveis.

Aneka é a primeira a atacar, e a música de um comercial na TV é a trilha sonora perfeita para os golpes, recuos, bloqueios e giros. Okoye e Aneka combatem da mesma forma e com a mesma qualidade, então a vencedora desse treino dependeria da permissão da outra. Não importa. É um bom exercício, em especial quando tudo o que têm a fazer é ficar ao lado do rei o dia todo. Elas têm que fazer o mesmo em Wakanda, felizmente. Mas em Nova York é diferente — Okoye não deixa de sentir a ameaça generalizada à segurança do rei. Não à segurança física; a inteligência dele está sendo minada. Stella o está fazendo de bobo. Este não é o tipo de ameaça que requer combate. Mas mesmo assim, esses poucos minutos de prática permitem que Okoye e Aneka mantenham as mentes afiadas.

A ponta da lança de Aneka quase roça a bochecha de Okoye. Ela se esquiva para a esquerda bem na hora. Aneka hesita, segurando a lança com as duas mãos, estreitando os olhos. Então exala depois que percebe o que quase fez.

— Sua guarda está baixa, Okoye — diz Aneka. — Sua mente está muito preocupada. Não precisa explicar o que a incomoda.

Assim que ela diz isso, Okoye ouve o nome de Stella Adams na TV. O rosto dela aparece, ela está na frente de um prédio com um laço vermelho gigante preso em suas novas e brilhantes portas duplas. Okoye gira o pulso e a lança desaparece na manga. A capitã faz o mesmo quando ambas se aproximam da tela da televisão.

"A cofundadora e CEO das Organizações Nenhuma Nação Deixada Para Trás celebrou sua décima nona cerimônia de inauguração hoje em Newark, Nova Jersey", diz o âncora. Em seguida, a câmera muda para um vídeo de Stella fazendo um discurso diante de uma multidão em frente ao prédio. Uma placa agora está visível na tela e diz: *Uma árvore cresce em Newark.*

"Que honra poder servir ao povo de Newark. Sempre foi missão das Organizações Nenhuma Nação Deixada Para Trás incluir cidades estadunidenses como parte de sua missão humanitária em todo o mundo. Nenhuma Nação Deixada Para Trás também significa que não deixamos os Estado Unidos para trás em nossa busca global por saúde, riqueza e igualdade para todos. Tenho orgulho de realizar a grande inauguração deste centro comunitário e complexo habitacional acessível para a população mais vulnerável de Newark. Este é o décimo nono centro comunitário da Nenhuma Nação Deixada Para Trás nas principais cidades dos Estados Unidos. Nossa próxima parada será Brownsville, no Brooklyn; uma comunidade que realmente precisa e agora terá um centro de última geração que servirá como um porto seguro e um recurso para os membros da comunidade. Por favor, juntem-se a nós neste fim de semana em Brownsville para celebrar o vigésimo empreendimento da ONNDPT, no bairro esquecido do Brooklyn." Stella sorri de orelha a orelha com seu coque liso e terninho vermelho brilhante. O público celebra e aplaude.

A câmera passa ao redor em Newark, e Okoye no mesmo instante percebe prédios em ruínas e queimados, assim como os de Brownsville. A multidão ali é uma mistura do que parecem ser empresários e políticos com alguns moradores locais espalhados. Okoye tem certeza de que a maioria das pessoas de Newark não está participando desta festa de inauguração.

— Há algo de errado nessa imagem — diz Okoye bem alto.

— Mas parece que ela está fazendo muita coisa boa nesses lugares — diz Aneka.

— Se esse é o caso, onde o povo está? Por que não está ao lado dela? — Okoye questiona. A pessoa que corta a fita é a garota que a abordara na conferência outro dia: Lily.

— Nós a conhecemos — Okoye diz, ponderando se ela mora em Newark.

— Okoye, será o mesmo prédio que visitamos em Brownsville onde Stella cortará a fita a seguir, ou outro prédio? — Aneka pergunta.

— Não acredito que isso importe — diz Okoye. — Acho que eles querem dominar todo o lugar, então um prédio não será diferente do outro.

A viagem deles a Nova York está quase chegando ao fim. Okoye não conseguiu se livrar da sensação de que fez algo terrivelmente errado. Rei T'Chaka e capitã Aneka percebem que algo está pesando na mente dela.

— Assim que embarcarmos no avião de volta para Wakanda, deixará tudo o que a está preocupando para trás — diz rei T'Chaka. — É o que sempre faço quando visito lugares que poderiam se beneficiar com a ajuda de Wakanda, mas não posso oferecer nenhum tipo de assistência. Faço o melhor que posso, Okoye. Nossas visitas humanitárias não são em vão. Ficará surpresa com a diferença que algumas palavras de sabedoria podem fazer em um país que está desesperado por algum direcionamento. Isso é tudo o que podemos oferecer; palavras que promovam bondade, esperança e cura para as partes quebradas do nosso mundo. O mundo sabe que Wakanda é uma nação pacífica. Sim, pensam que somos pobres, mas também somos humildes e…

— Não nos intrometemos — diz capitã Aneka, terminando o pensamento do rei T'Chaka.

O rei T'Chaka foi convidado a participar de uma conferência de imprensa da ONNDPT em Brownsville, em frente ao mesmo prédio para o qual Lucinda Tate os havia convidado. As perguntas se agitam na mente de Okoye, mas ela fez uma promessa ao seu rei, e faltam apenas mais alguns dias até que retornem a Wakanda. O que a ONNDPT espera alcançar em Brownsville, afinal? Okoye tem checado o telefone com frequência, até mesmo enviou uma mensagem para Tree perguntando como Mars está, mas não obteve resposta. Ela está preocupada com os novos amigos que fez e não quer que pensem que ela os abandonou por completo. Mas precisa tirá-los da cabeça e do coração. E, de fato, ela tem que parar de se intrometer, embora tenha certeza de que os verá hoje.

Okoye terá que fingir que aqueles poucos dias em Brownsville não aconteceram enquanto estiver na presença do rei e da capitã, mesmo que tenha contado a eles sobre as visitas. Para proteger o próprio coração. Caso contrário, dizer adeus a esses adolescentes será ainda mais difícil. Okoye planeja permanecer vigilante e inexpressiva durante a entrevista coletiva. Ela se pergunta se Tree e Mars enfim terão a oportunidade de se apresentar com aquela banda marcial. Também quer saber se todas as equipes de TV chamarão mais atenção para o que está acontecendo em Brownsville, e então o mundo saberá o que realmente está acontecendo em outros lugares como aquele, incluindo Newark.

Mas como saberão as verdadeiras intenções de Stella?

As Organizações Nenhuma Nação Deixada Para Trás enviaram um carro para pegar o rei, Okoye e capitã Aneka. Okoye está fazendo o que tem feito nos últimos dias: cabeça erguida, olhos observadores e atentos, e mente focada exclusivamente nos deveres dela.

Mas quando ela vê Lucinda Tate do lado de fora do hotel, baixa a guarda e sabe naquele momento que a viagem está longe de terminar.

CAPÍTULO 12

— Ah, srta. Tate! — rei T'Chaka cumprimenta, genuinamente encantado em vê-la. — O que a traz ao centro da cidade?

Okoye na hora percebe o olhar de preocupação no rosto de Lucinda, e sabe que algo não está certo.

— Bom dia, Vossa Majestade — diz Lucinda, sorrindo de modo educado para o rei, e acena para capitã Aneka, mas os olhos estão fixos em Okoye, entregando que está aqui para vê-la, e somente a ela. — Okoye, posso falar com você por um segundo?

— Meu rei — Okoye pergunta —, posso me afastar?

O rei assente com polidez enquanto Okoye e Lucinda se afastam. O rei T'Chaka e Aneka ficam esperando pelo carro no meio-fio.

— Como está Mars? — Okoye imediatamente pergunta.

— Está bem agora, mas… as coisas estão piorando, Okoye. Primeiro, perdi o prédio — diz Lucinda. — Meu dinheiro acabou e não consegui nenhum investidor para ajudar a mobiliar o lugar e pagar pela programação, exceto, é claro, seus amigos.

— Meus amigos? — Okoye pergunta.

Lucinda olha de relance para o rei.

— Deixe que eu adivinho: mais coquetéis chiques, almoços e jantares, peças de teatro e seu próprio carro particular? Presentes de Stella, não? Ela e ONNDPT são os "amigos" de quem estou falando.

— É política e diplomacia — diz Okoye, tentando tranquilizar Lucinda de que ela não é uma das beneficiárias de Stella.

Um carro preto para no meio-fio.

— Okoye — o rei T'Chaka chama, olhando para ela com desconfiança.

Sob qualquer outra circunstância, Okoye não esperaria um segundo para atender ao chamado de seu rei.

— Continue — ela sussurra para Lucinda, enquanto acena para seu rei, assegurando-lhe que estará lá em um segundo.

— Olha, eu sei que você estava com eles na outra noite; Tree, Mars e o grupo delas — Lucinda continua. — Aquele apartamento em que você estava, eles foram expulsos. Ela trocou as fechaduras e tudo. Era apenas um lugar para se encontrarem como parte de um acordo com Stella. Eles podiam relaxar em um bom apartamento enquanto trabalhavam para ela, Okoye. E agora…

Com o canto do olho, Okoye vê capitã Aneka segurando a porta traseira aberta para ela. Rei T'Chaka já está no carro.

— Venha conosco — diz Okoye.

— No carro de Stella? De jeito nenhum. Eu não quero chegar perto dessa mulher. É lá que será a coletiva de imprensa. Ela vai anunciar que está assumindo o cargo de administradora e todos aqueles patrocinadores que eu deveria conseguir vão procurá-la. Ela e o ONNDPT foram os únicos que prometeram ajudar na manutenção do prédio e na compra dos computadores e móveis de que tanto precisávamos. Mas em vez de apenas ajudar, ela tomou o controle, alegando que eu não era capaz de fazer sozinha. Ela basicamente me expulsou do meu próprio projeto. Trabalhei muito naquele centro comunitário.

Okoye olha para Aneka mais uma vez, engole em seco e diz:

— Há algo que eu possa fazer?

— É por isso que estou aqui, Okoye. Olha, não é pelo prédio. É pelas garotas. Eu vi Tree e Mars crescerem. São crianças brilhantes com grandes sonhos. Stella entrou na cabeça de Mars e… — Lucinda suspira. — Não é bom. Ela está destruindo o futuro delas, a vida. Se houver alguma coisa que você possa fazer…

Aneka limpa a garganta ruidosamente. Okoye olha para trás e por instinto começa a se afastar de Lucinda. Como Dora Milaje, o corpo dela foi treinado para fazer o que deve fazer, não importa o que o coração e a mente lhe digam.

— Entendo — diz Lucinda, e vai embora.

— Me encontre lá — Okoye sussurra atrás dela. Mas Lucinda não se vira. No mínimo, ambas estão indo na mesma direção. Okoye terá que ver por si mesma a turbulência em Brownsville a que Lucinda se referiu.

— Então, Stella assumiu a administração deste prédio, hein? E agora ela quer que o mundo saiba, dando uma coletiva de imprensa. Suponho que ao assumir este centro comunitário ela se considere a governante de Brownsville? — o rei T'Chaka comenta com capitã Aneka enquanto a limusine entra em Brownsville. As ruas não parecem diferentes de qualquer outro dia normal, com pessoas entrando e saindo das lojas, sentadas nas varandas, cuidando das próprias vidas. Parece a mesma do dia em que foram convidados por Lucinda quando ela foi anfitriã da inauguração do centro comunitário.

Mas Stella Adams havia prometido uma celebração privada após a entrevista coletiva, como a que Okoye vira no noticiário. Newark estava fervilhando de pessoas comemorando e aplaudindo. Mas aqui não há políticos, nem crianças que Okoye reconhece da sala de conferências, e com certeza não há moradores locais. O que havia de tão diferente em Brownsville?

À medida que o carro se aproxima do centro comunitário, onde não há nem mesmo uma grande fita vermelha amarrada em frente às portas duplas da entrada, uma fileira de seguranças parece surgir do nada.

— O que é isso? — Okoye na mesma hora pergunta ao motorista.

— Proteção — responde ele.

— Proteção para quem? O rei está seguro conosco.

— A pergunta certa é *de* quem — o motorista fala.

Um segurança armado e uniformizado abre a porta do carro, e Okoye é a primeira a sair para observar as ruas e o prédio.

— O que está acontecendo? — ela pergunta ao guarda.

— Senhora, por favor, entre com calma no prédio.

— Não até que nos diga o que significa isso — Okoye diz. — Fomos convidados aqui por Stella Adams para uma entrevista coletiva.

— A sra. Adams gostaria de encontrar vocês lá dentro — diz o guarda.

Okoye observa os arredores e ninguém parece notar ou se importar com o veículo estacionado em frente a um prédio novo em folha, porém vazio. Ela não reconhece nenhum dos poucos transeuntes e, nesse momento, está desesperada para entrar em contato com Tree para descobrir se ela sabe alguma coisa sobre o que está para acontecer ali. Algo está se remexendo na parte mais profunda do âmago dela, e Okoye confia nos instintos que tem.

— Okoye, é seguro para o rei sair do veículo? — capitã Aneka pergunta de dentro do carro.

— Sim. Vamos — diz Okoye e, em segundos, ela, Aneka e rei T'Chaka estão atravessando as portas deslizantes que levam ao prédio que deveria ser um centro comunitário para o povo de Brownsville.

Um corredor amplo e bem iluminado se abre para uma rotunda com piso de mármore brilhante e teto de vidro. Assim como os prédios de apartamentos onde Tree e Mars montaram o negócio do soro PiroÊxtase, este lugar é um forte contraste com todos os outros prédios em Brownsville. Okoye não pode deixar de se perguntar se o resto de Brownsville em breve se parecerá com esse, uma nova cidade construída sobre cinzas e memória.

Saltos altos estalando contra o chão é o único som que Okoye ouve neste espaço amplo e vazio. Em poucos segundos, Stella Adams aparece e logo atrás dela estão Mars e alguns outros do grupo dela.

— Ah! Que adorável vocês enfim terem se juntado a nós — Stella declara.

Okoye observa Mars com discrição, tentando ver se ela havia sido ferida de alguma forma. Mas, pelo que parece, Mars, usando roupas e tênis novos, parece muito melhor do que da última vez que Okoye a viu. Aliviada por Mars estar relativamente bem, Okoye olha para Stella desconfiada.

— O que está acontecendo aqui? — ela pergunta, querendo evitar todas as sutilezas. — Devia haver uma coletiva de imprensa.

— Sim, tal como ocorreu com a tentativa fracassada de Lucinda de realizar uma festa de inauguração. Essas pessoas assustaram a imprensa e, como não haverá imprensa, não haverá coletiva.

— Sra. Adams — rei T'Chaka interrompe —, tenho certeza de que há uma explicação razoável para a falta de festividades hoje. No entanto, nosso tempo aqui está chegando ao fim, e eu gostaria de aproveitar ao máximo o resto de nossa estadia nesta bela cidade. O que podemos fazer por você e pelo povo de Brownsville?

— Melhor ainda, o que você fez *com* o povo de Brownsville? — Okoye pergunta, lançando um olhar para Mars, mais atrás, de braços cruzados como se estivesse escondendo o motivo para estar ali.

Stella estende os dois braços e gira.

— Não conseguem ver? Isso, meus amigos, é o que eu fiz pelo povo de Brownsville! — ela declara.

Okoye quer retrucar, mas capitã Aneka toca de leve no braço dela, lembrando-a de ficar em seu lugar.

— Mas e quanto a Lucinda Tate? — rei T'Chaka pergunta, tirando as palavras dos lábios de Okoye.

— Ah, por favor — diz Stella, olhando para Mars. — Aquela mulher teria permitido que este prédio fosse incendiado, assim como tudo por aqui. Ela não pode controlar esses viciados.

— Viciados? — rei T'Chaka pergunta.

— Sinto muito. Eu disse viciados? Quis dizer *crianças*. — Stella se aproxima de Mars e coloca um braço ao redor dela. — Rei T'Chaka, gostaria que conhecesse Mars Cooper, chefe da minha nova força-tarefa juvenil aqui em Brownsville. Tomei como inspiração suas próprias guardiãs, as Dora Milaje, como as chama, para empregar algumas das moças deste bairro. Dar a elas algo para fazer com seu tempo. Eu gostaria de ter tido algo como as Dora Milaje quando era adolescente em Nova York. Eu sei como é ter toda essa raiva mal direcionada e espírito de luta. Não é mesmo, Mars? De qualquer forma, com a ajuda de alguns dos meus novos seguranças espalhados pelo bairro, Mars manterá essa garotada sob controle. Ela agora é a capitã Cooper! — Stella faz uma continência.

Mars apenas concorda com a cabeça, sem dizer uma palavra e sem sequer olhar na direção de Okoye.

— Prazer encontrá-la de novo, Mars Cooper. Ou capitã Cooper. Lembro-me de você da banda marcial — diz rei T'Chaka.

— Sim — interrompe Okoye. — Você e sua namorada, Tree.

— Ah, Tree Foster. Então vocês duas se conheceram — Stella diz. — Achei que tivessem. Pena que não ficou sabendo como aquela delinquente arruinou todos os nossos planos para a entrevista coletiva de hoje.

A atenção de Okoye se aguça e ela encontra os olhos da capitã Aneka, mas evita dizer qualquer outra coisa que revele sua amizade com Tree e Mars.

— Então, há uma culpada? — rei T'Chaka pergunta.

— Todo um grupo, majestade — Stella diz enquanto rodeia Mars e os outros. Os saltos dela estalam ainda mais alto, como se cada passo fosse deliberado. — Eles acham que dominam este bairro. Todos os adultos aqui parecem ter desistido deles. Não têm limites, nem disciplina. Não viu como estão incendiando as próprias casas?

PiroÊxtase ecoa na mente de Okoye, mas ela não ousa falar em voz alta. Stella está culpando os garotos, mas é a droga que os leva a fazer tais coisas. Okoye quer mostrar ao mundo a verdade, mas essa não é a hora nem o lugar.

— Isso é verdade, Mars? — rei T'Chaka pergunta, e Okoye fica aliviada pelo amado rei estar tomando a iniciativa para chegar à verdade.

— Hum, sim — diz Mars sem hesitar. — Eles não dão ouvidos à Lucinda Tate. Não confiam nela, porque ela disse que ia conseguir um monte de patrocinadores para comprar alguns móveis, equipamentos e computadores para este centro comunitário, mas ela desistiu de nós. A sra. Adams chegou para nos salvar.

— Acredita nisso? Porque não acho que seja verdade — interrompe Okoye.

— Sim, por que não? Você sabe alguma coisa que eu não sei? — Mars diz, encarando Okoye como se a desafiasse a revelar o segredo que ocultava.

Okoye esteve no apartamento onde Mars e Tree estavam escondendo a bolsa de PiroÊxtase. Ela tinha visto Mars sob a influência do soro. Ela viu Stella com os próprios olhos entrar naquele apartamento e ameaçar aqueles adolescentes. Mas falar tudo isso colocaria Tree e todos os outros em perigo. O que isso significaria para Mars, que já está do lado de Stella? Uma pitada de dúvida passa pela mente de Okoye: Mars foi forçada a estar aqui?

Okoye se aproxima do rei T'Chaka e sussurra:

— Talvez Mars deva nos dar um passeio pelo lugar. Para vermos o que Wakanda pode fazer pelo povo de Brownsville?

Rei T'Chaka se afasta de Okoye, coloca as mãos atrás das costas e anda pela rotunda examinando a arte nas paredes, as janelas do chão ao teto e as muitas plantas altas e falsas.

— Sinto muito por não termos aberto oficialmente este belo edifício para o povo de Brownsville. Você criou nada menos que um palácio real aqui, sra. Adams — diz o rei.

Okoye percebe uma pitada de sarcasmo na voz do rei. As estruturas em Wakanda são muito mais bonitas e sofisticadas do que essas.

— Lucinda fez a maior parte disso — Mars interrompe.

Okoye sorri um pouco, feliz em saber que Mars está se aproximando da verdade.

— Mas ela não concluiu — continuou Mars. — Que sentido faz ter um belo edifício se ele vai ficar vazio e acumular poeira? Stella está terminando o que Lucinda começou.

— Isso é verdade? — Okoye diz.

Mas Stella se aproxima do rei e o afasta das guardiãs, desviando a atenção de Okoye de Mars.

— Gosta? — ela pergunta.

— Bastante — diz o rei T'Chaka. — Que outras surpresas tem à espera por aqui? Você se importaria de nos mostrar?

— Bem, como sabe, as Organizações Nenhuma Nação Deixada Para Trás estão replicando esses centros comunitários em todo o mundo. Em lugares tão próximos quanto Brownsville e tão distantes quanto, digamos, Wakanda. — Stella abre um largo sorriso e lança um olhar para Okoye e capitã Aneka.

Rei T'Chaka ri.

— As Organizações Nenhuma Nação Deixada Para Trás em Wakanda? Que ideia. Mas não considero que fomos deixados para trás, sra. Adams. Estamos exatamente onde deveríamos estar.

— Ah, são tão humildes. Recusam qualquer ajuda do mundo exterior. É por isso que acho que ONNDPT e Wakanda fariam uma ótima parceria. Humanidade e humildade andam de mãos dadas, não acha, Majestade?

Okoye e Aneka trocam olhares mais uma vez. Está mais claro agora por que Stella Adams esteve se aproximando do rei.

— O que acham, Aneka e Okoye? As crianças em Wakanda achariam um lugar como este tão mágico. Tenho certeza de que elas não têm nada parecido com um centro comunitário por lá — diz Stella, aproximando-se das Dora Milaje.

— Você está certa. Elas não têm nada que chegue perto de um lugar como este — diz Okoye com os dentes cerrados. Os centros de Wakanda têm tecnologia muito mais avançada e são muito mais funcionais do que essa exibição pretensiosa de riqueza insípida, mas Stella Adams não pode saber disso. — Que tal aquele passeio, sra. Adams? Adoraríamos ver o quão opulento este lugar é.

Stella inclina a cabeça para o lado e sorri com falsidade.

— Temos que responder às demandas e protestos do povo. Eles se colocaram em uma posição difícil. Os investidores não querem injetar dinheiro neste centro comunitário caso seja dirigido por Lucinda Tate. Claro, preferem que alguém dessa comunidade o administre, mas alguém mais agradável, disposto a ser um pouco mais maleável. No entanto, eu me recuso a ser apenas uma investidora silenciosa. A ONNDPT é a face de todo e qualquer projeto que patrocinamos. Queremos que o mundo saiba sobre o bem que estamos fazendo em todos os cantos desta cidade e, espero que com sua ajuda, rei T'Chaka, em todos os cantos deste mundo. Mas falando de algo positivo, há um auditório fabuloso e de última geração no último andar. Convidei a imprensa para nos encontrar lá em cima. Não há necessidade de aumentar a comoção neste bairro. Os convidados chegarão em breve e Mars pode levá-los até lá, onde os garçons irão recebê-los com coquetéis e aperitivos. Aproveitem! Rei T'Chaka, eu gostaria de continuar conduzindo-o por uma visita particular pelo local. O senhor se importa?

— Nem um pouco, sra. Adams — o rei diz antes de ir embora com Stella, acenando para Okoye e Aneka como se dissesse que ficaria bem. Ele rapidamente dá um tapinha no pulso, deixando-as saber que, se precisar delas, entrará em contato por uma conta Kimoyo.

A capitã e Okoye acenam com a cabeça, obedecendo às ordens secretas do rei.

— Mais coquetéis? — Aneka sussurra para Okoye.

Okoye ri, satisfeita porque terão algum tempo reservado com Mars. Mas são conduzidas para fora da rotunda por todo o grupo, todos os sete. Assim que Okoye e capitã Aneka estão fora da vista de Stella e do rei, Okoye se volta para Mars.

— Como você está? — ela pergunta.

— Bem. E você? — Mars diz, apenas olhando de relance para Okoye enquanto aperta um botão entre duas portas brilhantes de elevador.

— Você estava ferida e foi mandada para o hospital.

— Não sei do que está falando.

— Mars, eu… — Okoye para no meio da frase quando sente a mão da capitã Aneka no braço.

Aneka aponta para uma câmera perto do teto. As portas do elevador se abrem e apenas quatro membros do grupo entram, deixando o resto para trás. Tanto Okoye quanto Aneka procuram por câmeras no elevador. Okoye vê uma no canto. Ela se aproxima, olhando direto para a lente. Estende a mão, agarra-a e, com um puxão rápido, arranca-a da parede do elevador.

— Ei! — Mars grita. — Por que fez isso?

— Acha que estão observando você? — Okoye diz. — Está com medo?

— Ei, quem *são* vocês? — Mars pergunta.

— Temos alguns segundos. Está sendo forçada a estar aqui?

— Não, estou bem. Estou aqui porque quero.

As portas do elevador se abrem para um auditório muito parecido com o teatro em que estiveram na Broadway, com assentos de veludo vermelho, lustres pendurados no teto e um palco grande o suficiente para toda a corte real de Wakanda.

Rei T'Chaka está sozinho na frente do auditório e se vira para ver as guardiãs ao lado de Mars.

— Não é magnífico? — ele proclama, e a voz dele ecoa por todo o teatro enquanto ele caminha até Okoye e Aneka.

— Agora você entendeu? — Mars continua, aproximando-se de Okoye e sussurrando. — Não podemos deixar Tree e os outros destruírem isso. Trabalhamos muito para vender o soro. O dinheiro serviu para isso. Isso é para nós.

Okoye franze a testa quando o rei se aproxima delas.

— Mas, Mars, PiroÊxtase faz as pessoas incendiarem lugares como este. Não faz nenhum sentido. Não venda o soro e eles não vão incendiar as coisas.

— Incendiar o quê? — o rei pergunta quando as alcança.

— Meu rei, onde está Stella Adams? — capitã Aneka pergunta.

— Ela está cumprimentando os repórteres e conduzindo-os até aqui. Parece que ela gostaria que eu fizesse um discurso neste palco. Diga-me, Mars Cooper, o que devo dizer para as câmeras?

Mars olha para Okoye, depois para Aneka, e diz ao rei:

— PiroÊxtase não faz ninguém destruir propriedades. As casas e os prédios são casualidades ou espectadores inocentes de algo que deveria abrir sua mente por um tempo. PiroÊxtase é ver a beleza e a maravilha de uma das forças mais poderosas do mundo. Além disso, ninguém está forçando ninguém a tomar o soro. É uma sociedade livre e uma economia de livre mercado. Eu precisava de algum dinheiro enquanto estudava, e a ONNDPT estava disposta a me dar um emprego. Eles estão cuidando bem de mim.

Mars vai até o outro conjunto de portas de elevador assim que elas se abrem, e o resto do grupo entra no auditório. Eles parecem chocados e encantados com todo o esplendor do lugar. Como Stella havia prometido, garçons começam a sair de portas escondidas ao longo do ambiente.

Okoye se aproxima de capitã Aneka e do rei.

— Veem o que está acontecendo aqui? — ela sussurra. — Não há pessoas em situação de rua. Não há guerra visível com soldados e tanques. Mas há uma grande batalha acontecendo em Brownsville. Meu rei. Capitã. Quero dar a essas crianças o que me foi dado: uma oportunidade de aprenderem a se defender e a defender algo em que acreditam. E entendo se não puderem apoiar, mas tenho que fazer isso, de uma forma ou de outra.

— Okoye, confie em seus instintos — diz rei T'Chaka. — Já estive em lugares suficientes ao redor do mundo para saber quando países inteiros estão sendo roubados bem debaixo do nariz das pessoas sem que elas saibam. É por isso que não quero abrir a verdadeira Wakanda para o resto do mundo. É claro que Stella quer empurrar a ONNDPT para Wakanda e que ela pensa que sou um tolo. Ela não tem intenção de entregar este prédio ao povo de Brownsville, ou então teria permitido que eles falassem nesta coletiva de imprensa. Minha conta Kimoyo conseguiu acessar os bancos de dados da ONNDPT. Sim, é verdade que tinham objetivos nobres, apesar de grandiosos, no início, sob a liderança do marido da sra. Adams. No entanto ficou claro que a sra. Adams quer mais poder do que o marido pretendia. Vi os documentos destacando os planos dela de expandir as Organizações ONNDPT para outras nações, a fim de assumir o controle de economias e governos sob o pretexto de esforços humanitários. Okoye, eu a parabenizo por tomar uma posição para ajudar essas crianças e sua amada comunidade. Eu a apoio, Dora Milaje.

— Obrigada pela compreensão, meu rei — Okoye diz, inclinando a cabeça em gratidão.

— Eu também estou com você — diz capitã Aneka. — No entanto, Okoye, você precisa ser muito cuidadosa e estratégica.

— Fomos bem treinadas — responde Okoye. Com o canto do olho, ela vê Mars e o resto do grupo indo em direção a uma das saídas laterais ocultas. O olhar de Okoye encontra o de Aneka, e a capitã lhe dá um aceno de aprovação.

— Vá! — diz Aneka. — Há coisas estranhas acontecendo aqui e nem tudo é como parece.

As portas do elevador se abrem e os repórteres e suas equipes de filmagens começam a chegar. Stella está logo atrás deles e se dirige direto para o rei.

— Está preparado para deslumbrar a mídia com sua inteligência e sabedoria, Sua Majestade?

— Bem, sra. Adams — o rei responde. — Pensando bem, por que não pede a alguém de Brownsville que fale em nome do povo? Mars Cooper, talvez? Ou um dos amigos dela?

Mas enquanto o rei diz isso, Mars já está saindo do teatro.

Okoye aproveita essa chance para segui-la, enquanto as equipes preparam as câmeras. Ela se afasta dos convidados que chegam enquanto o rei e capitã Aneka fingem sorrir e conversar, fazendo diplomacia.

CAPÍTULO 13

A porta lateral leva a um corredor estreito e mal iluminado, onde mais portas fechadas se alinham ao longo da passagem. A maioria delas têm uma placa com a palavra "camarim" escrita. Outras têm apenas uma placa que diz "acesso restrito". Okoye ouve uma porta bater no final do corredor. Ela segue depressa em direção ao som de passos que se afastam. É uma escada, e ela sai devagar em silêncio para o primeiro patamar e espia por cima do corrimão. Mars e os outros estão descendo as escadas correndo.

Em uma fração de segundo, Okoye pula o parapeito, salta sobre um corrimão e aterrissa em uma série de degraus no andar de baixo. Ela faz isso várias vezes até estar apenas um andar acima de Mars e seus amigos. Por sorte, Mars não a ouve, e logo Okoye chega ao último andar, onde outra porta leva para fora da escada.

A porta está prestes a fechar, mas Okoye salta mais uma vez para colocar o pé bem entre a porta e o batente antes que se trancasse. Ela a abre silenciosamente, sai da escada na ponta dos pés e entra no que parece ser um armazém em um porão bem iluminado cheio de dezenas de grandes caixas de papelão. Na extremidade mais distante do andar há uma sala cercada por amplas janelas.

Okoye se esgueira atrás de caixas e dá a volta nas muitas colunas e postes no porão, observando Mars e seus amigos se encontrarem com outro grupo de adolescentes que apertam a mão de Mars e sussurram como se estivessem tramando algum tipo de plano. Okoye não consegue ouvi-los, mas puxa uma conta Kimoyo da pulseira, coloca-a no ouvido, e o som das vozes é amplificado pela conta.

— Ela quer se expandir para fora deste país — Mars diz para os outros. — Estamos indo para a África em breve. Por isso ela trouxe aquelas pessoas de Wakanda para cá.

— A África não vai entrar na onda do PiroÊxtase — diz um menino. — Eles nem podem pagar.

— Dava para dizer o mesmo de Brownsville ou do Harlem. Quando as pessoas querem PiroÊxtase, elas conseguem o dinheiro — diz Mars.

— Então por que Stella só o quer em lugares como Bed-Stuy, Harlem e a África, onde as pessoas não podem pagar? Por que não podemos vendê-lo em Park Slope ou no Upper East Side ou mesmo em Londres ou Paris? — uma garota questiona.

— Tenho certeza de que Stella tem planos de levar PiroÊxtase para todo o mundo. Mas ela tem que começar em algum lugar, certo? Sabe, começando de baixo, como diz o Drake. — Mars ri e faz uma dancinha.

— Parece que você sabe muito sobre os planos de Stella. Então ela está treinando você para ser a próxima magnata de PiroÊxtase, é isso?

— Você está começando a falar igual a Tree — diz Mars. — Pode ir lá, se juntar a eles e ficar sem casa e sem emprego. A escolha é sua.

— Mars, é verdade que eles estão tentando se livrar da Tree? — outra voz pergunta. — Ouvi dizer que Tree representa risco demais para o que Stella quer fazer.

— Vocês falam demais — diz Mars, baixando a voz. — E eu não sei de nada disso.

Okoye discretamente se aproxima do grupo, andando silenciosamente atrás de mais caixas e postes até chegar perto o suficiente da sala com as janelas. Canos de todos os tamanhos cobrem os tetos altos e o local parece mais uma fábrica do que um porão no subsolo. Atrás das janelas, pessoas em jalecos brancos estão ao redor de mesas cobertas por instrumentos de química: béqueres, cadinhos e cilindros de medição cheios de líquidos borbulhantes e efervescentes de todas as cores. Okoye vai até outra pilha de caixas para ver melhor o que os químicos estão fazendo. Ela remove uma conta Kimoyo da pulseira e a segura na direção dos químicos. A conta vibra entre os dedos dela, focando nos líquidos dentro dos cilindros de medição.

— Eles estão fazendo PiroÊxtase! — Okoye exclama num sussurro. A conta amplia a imagem para examinar o químico e o laboratório mais uma vez, registrando todos os diversos gráficos e dados nas mesas e nas paredes. Ela encaixa a conta de volta na pulseira. — No mínimo, isso será uma prova.

Okoye sente algo atrás dela. Ela não se vira para olhar. Antes mesmo de uma mão pousar no ombro dela, Okoye gira cento e oitenta graus e agarra um homem alto e corpulento pelo pescoço. É um dos seguranças que estavam cercando o prédio. Ele tenta tirar o braço de Okoye do próprio pescoço, mas com outra mão Okoye puxa os braços dele para trás, torcendo os pulsos até que ele implore para que ela o solte.

— Quem é você? — o homem diz, mal conseguindo respirar.

Mas antes que Okoye responda, vários outros homens correm em defesa do segurança, cercando-a enquanto apontam as armas para ela.

— Solte-o e levante as mãos! — um dos guardas grita.

Mars corre para o local e fica atrás dos seguranças com os olhos arregalados.

— Você me seguiu até aqui? — ela questiona.

— Vocês estão fabricando PiroÊxtase neste prédio — diz Okoye.

— Quem é essa garota africana? — um dos guardas pergunta.

— Uma das pessoas que Stella trouxe de Wakanda — diz Mars. — Se afastem. Ela só está sendo intrometida.

— Mars, por que está fazendo isso? — Okoye diz.

— Não se mova! — um segurança comanda.

Okoye revira os olhos como se esses guardas fossem um mero incômodo. Eles parecem tão primitivos apontando aquelas armas na direção dela. Então Okoye dá um passo à frente e, antes que alguém possa pensar em puxar o gatilho, chuta a arma das mãos de um dos seguranças. Okoye se transforma em um tornado enquanto gira, chuta e soca todos os cinco guardas até que eles estejam completamente desarmados e jogados no chão, esparramados em cima de caixas derrubadas e deixados choramingando em um canto, implorando por misericórdia.

Mars e os amigos assistem impressionados, enquanto os químicos na sala próxima pressionam o rosto contra as janelas, tentando enxergar essa mulher guerreira.

— O que foi isso? Algum tipo de caratê de Wakanda? — Mars pergunta.

— Por favor, criança. Não me insulte, nem Wakanda, nem o caratê — diz Okoye. Ela começa a se aproximar de Mars, que está se afastando lentamente, mas um zumbido alto força Okoye a parar e se abaixar. Luzes vermelhas brilhantes piscam à distância e os guardas começam a fugir, correndo em direção aos elevadores. Os químicos na sala correm para as portas que levam à escada.

Mars olha ao redor e, como se estivesse sendo forçada a tomar uma decisão com a qual não concorda, por fim ela corre até Okoye e diz:

— Você precisa sair agora ou nunca mais verá Wakanda de novo.

— Não, *você* precisa que sair daqui. Precisa sair agora. Venha comigo, Mars — diz Okoye. — Stella está forçando você a fazer coisas que não deveria fazer, como PiroÊxtase.

— Escuta, Okoye. Você pode parar de pensar que eu sou uma criança que não é capaz de tomar as próprias decisões? — Mars exige. — Você acabou de chegar aqui. Você não entende como é viver aqui em Brownsville. Não estamos em Wakanda, onde as crianças não fazem nada além de sair em safáris e caçar presas de elefante ou qualquer outra coisa. Temos problemas reais, e você não pode simplesmente chegar aqui e bater nas pessoas com suas acrobacias africanas e achar que vai nos salvar.

Mars aponta para a outra extremidade do porão, onde há um elevador de carga.

— Não aperte o botão ou saberão que você estará lá dentro. Basta pular o portão. Já vi você saltar essa altura. O elevador se moverá assim que você entrar. Agora saia daqui!

Mars dá vários passos para trás antes de se virar e correr para os elevadores no momento em que as portas se abrem e um grupo de seguranças sai correndo para inspecionar o porão.

— Ela está ali! — alguém avisa.

Okoye não tem escolha a não ser seguir as instruções de Mars. Ela corre para o elevador de carga, pula o portão e, em um instante, o elevador sobe até o último andar. Quando ele para, Okoye fica surpresa ao ver que está no telhado do prédio, de onde pode ver todo o bairro de Brownsville e a maior parte do Brooklyn também. Talvez os arranha-céus ao longe sejam o horizonte de Manhattan. Ela olha ao redor e vê mais caixas e, no centro do telhado, nota o que deduz ser uma plataforma de pouso para um helicóptero.

A verdade desaba sobre ela como um forte temporal durante a estação chuvosa de Wakanda: Stella e as Organizações Nenhuma Nação Deixada Para Trás estão executando uma operação inteira bem no meio de Brownsville para distribuir PiroÊxtase para o mundo.

Na extremidade do telhado há uma escada de incêndio que leva a um beco escuro. Ela pode escapar, mas tem que voltar para buscar o rei e a capitã. Em minutos, Okoye está correndo pelas ruas de Brownsville, para longe do centro comunitário e em direção ao escritório de Lucinda Tate.

CAPÍTULO 14

Os capangas de Stella estarão procurando por Okoye então ela tem que ser cautelosa para não chamar muita atenção em Brownsville. Ela está com um vestido preto e sapatos de salto, e embora tudo continuasse intacto depois de ela lutar contra os seguranças no centro comunitário, ela precisa de um par de jeans e um moletom com capuz; algo parecido com a roupa que usou na outra noite. Talvez consiga pegar algo mais confortável emprestado com Lucinda. Ela só pedirá depois de se oferecer para ajudar Lucinda a recuperar o centro comunitário para ser uma troca justa. Okoye recebeu a bênção de seu rei, e agora não há nada que a impeça de responder ao pedido de ajuda de Lucinda.

Okoye passa por outros pedestres, pessoas paradas nos alpendres e esquinas. Ela ignora os olhares e sussurros, mas quando ouve alguém dizer: "Ela é uma daquelas do ONNDPT", ela para e confronta a pessoa.

— O que sabe sobre o ONNDPT? — pergunta a um homem mais velho com uma espessa barba grisalha.

— Eles estão pegando crianças a torto e a direito, e pagando muito dinheiro para serem os olhos e ouvidos deles aqui em Brownsville. Não queremos problemas — diz o homem.

— Eu não trabalho para ONNDPT. Por favor, me diga. Que tipo de problemas você teria com o ONNDPT?

O homem a olha de cima a baixo e diz:

— Foi o que pensei. Você não parece ser tão estúpida. Você é um daqueles jovens repórteres?

Okoye olha em volta e diz:

— Sim.

O homem também olha ao redor e depois observa as roupas de Okoye.

— Onde está sua equipe de filmagem? Seu telefone para gravar? Sua caneta e bloco de anotações?

Okoye pisca várias vezes enquanto tenta encontrar uma resposta para dar ao idoso. Ela se lembra do celular e rapidamente o pega. Aperta o botão de gravação e segura o telefone na frente do homem.

Ele se aproxima de Okoye e sussurra:

— Vou te contar uma coisa: eles tomaram aquele prédio que a vereadora Tate se esforçou tanto para reformar. Eles planejam tomar tudo em Brownsville, e quando isso acontecer, para onde iremos? Hein? Alguns de nós já foram expulsos de todos os outros bairros do Brooklyn, e outros estão aqui desde sempre. Mas nada disso vai ter importância agora. Eles já estão avançando com seus planos. A vereadora Tate ia fazer com que todas essas pessoas se unissem naquele prédio e ajudassem essa comunidade, mas as pessoas da ONNDPT têm muito poder. Além disso, fizeram nossos filhos venderem aquele tal de PiroÊxtase. Não é uma teoria da conspiração. É fato.

O homem começa a se afastar, mas Okoye vai atrás dele.

— Quem está impedindo que isso aconteça? Por que ninguém está lutando contra isso?

O homem se vira para olhar Okoye nos olhos, mas então desvia o olhar para além dela como se ela sequer estivesse lá.

— Nós nem sabemos contra o que estamos lutando. Parece que o que quer que esteja nos subjugando vem do céu, do chão, de cantos sombrios. Votamos, marchamos, tiramos fotos, escrevemos cartas e artigos. Nada. É como se quem quer que esteja ouvindo tivesse virado as costas para nós de propósito. Nós, os velhos, deixamos para os jovens. Metade de nós tem que trabalhar, e a outra metade está exausta. Certifique-se de colocar isso em seu jornalzinho escolar ou onde quer que trabalhe.

Então ele aponta o queixo para algo atrás dela e diz:

— Pergunte àquela garotada que está tomando esse tal Êxtase. Eles vão dizer pra você o que realmente está acontecendo por aqui.

Okoye se vira para ver fumaça subindo de um prédio à distância. Ela corre na direção da fumaça, de salto mesmo, e quanto mais se aproxima, começa a sentir como se o coração estivesse caindo nas profundezas desconhecidas da alma. É o escritório de Lucinda Tate. A placa da vereadora que ela viu alguns dias atrás quando estava saindo do metrô está pegando fogo. Um pequeno grupo de pessoas está parada na frente do prédio em chamas, algumas olhando horrorizadas, outras observando admiradas como se estivessem assistindo à queima de belos fogos de artifício.

— Lucinda! — Okoye grita, pensando que Lucinda poderia estar presa lá dentro. Ela corre em direção ao prédio, mas as chamas estão muito quentes e a fumaça é muito espessa.

— Não! Se afaste! — alguém chama atrás dela. Antes que ela possa se virar para ver de onde vem a voz, Okoye é derrubada, cai no chão de concreto e rola para longe do prédio em chamas. O braço de alguém a está agarrando com força. Então, em um movimento, ela manobra o corpo para subjugar a pessoa em um estrangulamento.

— Ai, me solta! — diz uma garota. É Tree, e Okoye fica surpresa com o quão forte ela é. Okoye a larga no mesmo instante e fica de pé enquanto ajuda Tree a também se levantar.

Uma explosão alta ruge no ar e uma rajada de vento quente parece chamas contra a pele de Okoye. O prédio desmoronou por completo e o pequeno grupo de pedestres agora se tornou uma grande multidão. Sirenes soam ao longe. As vozes são uma mistura de alegria e frustração, euforia e fúria.

— Vocês incendiaram o escritório da vereadora?

— Veja todas essas cores incríveis!

— Aquele prédio estava caindo aos pedaços de qualquer maneira.

— Quem vai lutar por nós agora?

As vozes ficam em segundo plano quando Okoye concentra sua atenção na pessoa que a puxou da explosão iminente. Tree se limpa e esfrega o pescoço.

— Não precisava fazer isso. Eu só estava ajudando você.

Okoye quer dizer a ela que nunca, em todos os seus anos como Dora Milaje em treinamento, alguém *a* salvou. Outras Dora a ajudaram a sair de problemas em algumas ocasiões, mas essa adolescente de um bairro destruído e abandonado em Nova York talvez tenha salvado a vida dela. Okoye fica sem palavras.

— Pode começar dizendo "obrigada" — diz Tree. — E agora me deve uma.

— Fico grata — diz Okoye. — Mas pensei que Lucinda Tate estava lá dentro.

— Os prédios em Brownsville estão queimando, mas não o povo de Brownsville, graças a Deus.

— Onde ela está? Eu estava indo vê-la.

— Sei lá. Ouvi falar que ela não queria ficar perto do centro comunitário enquanto o ONNDPT estivesse dando sua coletiva de imprensa. Eles basicamente a forçaram a desistir daquele prédio porque achavam que isso aconteceria a ele. Tudo o que ela queria era algum dinheiro para realizar os programas, mas eles queriam estar no comando de tudo.

Okoye percebe um grupo de adolescentes que parecem ter a idade de Tree observando as chamas como se estivessem completamente enfeitiçados por elas.

— Como o PiroÊxtase os leva a fazer isso? — Okoye pergunta. Tree começa a responder, mas um menino se aproxima dela e diz:

— Só tenho vinte.

— Parei com esse negócio, mano — diz Tree.

— Como assim parou com o negócio? Eu pensei que você estava comandando o negócio. Mars não está na área, então com quem mais podemos conseguir? — o menino diz.

— Vamos sair daqui — Tree murmura para Okoye enquanto se afasta do garoto.

— Ei, Tree! Com quem estão conseguindo?

— Estamos todos sem! Acabou. Veja o que está fazendo com nossas casas — diz Tree, embora Okoye possa ver a forma de um frasco de soro escondido no bolso dela.

Assim que elas estão longe das chamas e dos caminhões de bombeiros que correm em direção ao local com as sirenes estridentes ligadas, Okoye pergunta:

— Como fazem isso? Não vejo gasolina ou isqueiros. Como eles incendiaram um prédio grande daquele jeito?

— Da mesma forma que você saltou por cima de carros na outra noite — diz Tree. — Magia.

— O que eu faço não é magia. É muito trabalho e treino. Mas PiroÊxtase é uma poção mágica?

— É um soro. — Tree enfia a mão no bolso e tira a garrafinha. — É incrível como algo tão pequeno pode causar tantos danos. A ciência pode fazer muitas coisas boas, mas também pode fazer muitas coisas ruins. Pode ficar com isso, mas não faça nenhuma burrice.

— Claro que não. Obrigada — Okoye responde, guardando o soro no bolso e fazendo uma nota mental para examinar o conteúdo dele mais tarde. — Se isso leva as pessoas a fazerem coisas ruins, então não quero nem um pouco. Além disso, usar drogas é contra nosso código de conduta.

— Código de conduta de quem? Wakanda? Sim, bem, temos leis aqui também e todo mundo as quebra — diz Tree. — Olha, Okoye. O Êxtase não é ruim. Ele dá poderes, só isso. Pirocinese, a capacidade de controlar o fogo com a mente. Mas o problema é que, quando as pessoas desejam sentir mais o êxtase, elas tomam mais e obtêm mais poderes. E uma vez que as chamas ficam grandes e fora de controle, elas não conseguem controlar mais.

Okoye olha para as pessoas na multidão, que se separaram e foram em direções diferentes enquanto os bombeiros correm para apagar as chamas no prédio. Então ela vê um grupo menor de adolescentes reunidos em torno de uma lata de lixo. Eles olham fixamente para a lata, como se esperassem acontecer alguma coisa. Então, em alguns segundos, o topo da lata de lixo pega fogo.

— Então eles não estão iniciando esses incêndios de propósito?

— Não. Começa com apenas um pensamento. Concentra toda a sua energia em algo que vai entrar em combustão. É como se PiroÊxtase fosse o isqueiro e nossos pensamentos, a gasolina. O fogo se move e se espalha dependendo do que você manda que ele faça. As cores são tão brilhantes e intensas que você não consegue deixar de olhar para ela, e quanto mais olha, maior a chama fica. Até que o poder acaba e a chama volta a se controlar.

— Então você deseja mais desse sentimento, desse poder, e toma mais PiroÊxtase. E mais, e mais. Você acaba querendo controlar chamas cada vez maiores. Então os prédios — diz Okoye, observando as crianças manipularem uma chama em cima da lata de lixo. A chama se molda em diferentes formas: uma flor, uma onda, depois um tornado rodopiante. Em seguida, a chama desce para o chão até que toda a lata de lixo se transforme em fogos de artifício deslumbrantes. Eles recuam, rindo e aplaudindo.

— Isso parece algo maligno para você? — Tree pergunta.

— Não. Não quero admitir, mas é lindo — diz Okoye. — Mas eles não veem o que isso faz com as próprias casas? Não sentem nenhum arrependimento?

— Começa divertido e inocente, mas sai do controle. Eles não conseguem parar. Eles acham que a emoção de ver essas chamas mágicas é muito mais divertida do que tentar parar todas as mudanças que estão acontecendo por aqui. Olhe para o meu bairro! Ele está prestes a ser completamente destruído! Eu precisava do dinheiro, mas não vale a pena toda essa destruição.

— Stella Adams e as Organizações Nenhuma Nação Deixada Para Trás são os culpados, não seus amigos. Nem as pessoas que vivem aqui.

— Stella não nos deu outra escolha a não ser vender PiroÊxtase nas ruas. Era um trabalho. Nós ganhamos dinheiro. E então ela acrescentou bônus, tais como um apartamento e viagens até a cidade. Foi a pior decisão que tomei na vida. — Os olhos de Tree estão avermelhados de raiva e arrependimento. Ela começa a lacrimejar, mas reprime o choro e se afasta de Okoye.

— Mars tomou o controle, certo? — Okoye diz, querendo acalmar a garota chorosa. Mas como Dora Milaje, ela aprendeu a não deixar as próprias emoções a dominarem, e não sabe como confortar Tree.

— Mars e eu somos da mesma área, mas temos visões de mundo diferentes — diz Tree. Elas param em uma esquina tranquila perto de uma casa geminada fechada com tábuas. — Olha, Okoye. Sabemos que você é guarda-costas do rei de Wakanda e sabemos que não gosta de Stella, e de como ela está tentando fazer com que o rei a convide para ir até seu país. Nós a vimos fazer isso com os presidentes de países pequenos e pobres. Mas você ainda é uma estranha. Você não sabe o quão fundo tudo isso vai e não pode simplesmente chegar aqui e pensar que vai conseguir nos salvar com tanta facilidade. Mas ainda precisamos da sua ajuda.

— Você está certa, Tree Foster — diz Okoye. — Eu quero ajudar. Mas não estava tentando ser uma super-heroína. Faço parte das Dora Milaje e somos a guarda real.

— Nós vimos como você saltou por cima daqueles carros, botando pra quebrar. Nos ensine a fazer isso — Tree diz, dando um passo para trás e tentando imitar alguns dos movimentos de combate de Okoye. — Ensine como podemos formar um exército.

— Mas isso é muito mais do que uma luta com lanças e chutes. Vocês estão lutando contra algo que não podem ver ou socar — diz Okoye.

— Sim, mas com certeza podemos chutar a bunda de Stella Adams. Podemos acabar com ela, e ela vai recuar quando perceber que não vamos deixar que ela se safe de nada disso — diz Tree. — E o seu rei e aquela outra garota? Eles concordam com tudo isso?

— Capitã Aneka? Tenho a bênção do meu rei e da minha capitã para ajudá-los. Agora, onde estão os outros? E precisamos encontrar Lucinda Tate.

Tree gesticula para que ela a siga por uma rua com mais casas geminadas. Algumas estão bem conservadas com floreiras e grades nas janelas. Outras estão fechadas com tábuas e têm algumas placas escritas "Vende-se" nos pequenos gramados. Alguns rapazes estão nas varandas e acenam para Tree enquanto observam Okoye com desconfiança.

Tree para em uma dessas casas e um rapaz vestindo uma camiseta, uma corrente de ouro e calças jeans vai até ela.

— Esta é a moça de quem você estava falando? Ela parece da ONNDPT — diz ele.

— Eu não sou! Faço parte da guarda real de Wakanda — diz Okoye, e tira a peruca para revelar sua tatuagem de Dora Milaje.

— Animal! — diz o menino, apontando para a tatuagem na cabeça dela.

— Não é um animal, é um símbolo — diz Okoye.

Tree balança a cabeça e diz:

— Isso quer dizer que ele gosta da sua tatuagem na cabeça.

O garoto ri.

— Ei, ela é mesmo algum tipo de guerreira! Beleza. Entra. — Ele gesticula para que Tree e Okoye o sigam, subindo a escada e entrando na casa.

— Este é meu primo, Caleb — Tree diz. — No verão passado, fiquei morando com meu tio e minha tia para concluir o último ano do ensino médio, já que meus pais já haviam se mudado da cidade. Essa é a história de muitos de nós hoje em dia. Mais da metade das crianças com quem cresci já se mudaram.

Elas entram em uma sala de estar, onde a maioria do grupo que esteve com elas no apartamento está sentada em sofás, mesas ou encostada nas paredes.

— Onde estão seus pais? — Okoye pergunta. — Por que suas famílias não estão vindo atrás de vocês? Não estão preocupados com vocês?

Alguns deles balançam a cabeça. Tree suspira e responde:

— A maioria passa o dia todo fora, trabalhando. Minha tia diz que ficar aqui é melhor do que ficar em alguma esquina. Mais seguro. Há comida na geladeira, e se eles precisarem passar a noite, há espaço suficiente. Nossos pais sabem onde estamos. Cuidamos uns dos outros aqui. Achamos que, se ficarmos juntos, há menos chance de qualquer um de nós estar lá fora tomando ou vendendo PiroÊxtase. Se um de nós for pego nessa confusão, sempre há um lar para onde voltar, para que possamos consertar o que está quebrado.

— Então por que vocês venderam PiroÊxtase para pessoas de sua comunidade para começo de conversa? — Okoye pergunta, examinando todos os rostos na sala.

— Porque é um negócio como qualquer outro — alguém responde. — É capitalismo.

Tree concorda com um gesto de cabeça e diz:

— Era um trabalho como qualquer outro, mas com muito mais dinheiro e maiores regalias, como aqueles apartamentos chiques.

Uma das crianças oferece um lugar e uma lata de refrigerante a Okoye, mas ela recusa.

— E o centro comunitário? Como deveria ajudar? — Okoye pergunta.

— Lucinda dizia que era um espaço seguro. Era uma "Zona sem PiroÊxtase" e todos na comunidade sabiam que não deveriam causar problemas ali.

— Mas se PiroÊxtase leva você a fazer coisas das quais não tem consciência, o que impede as pessoas de incendiar um prédio novo?

— Código. Essa é a coisa que Stella e seus capangas não entendem sobre nós. Lucinda usou o próprio dinheiro para reformar aquele prédio para a comunidade — responde Tree. — Nós oferecemos a ela mais dinheiro para ajudá-la a pagar pelos móveis e a colocar alguns dos programas em funcionamento. Mas ela se recusou a aceitá-lo quando descobriu que vinha da venda de PiroÊxtase. Todos esses políticos prometeram mobiliar o centro e fornecer todo o equipamento para um estúdio de música e um laboratório de informática, mas nunca fizeram nada. Stella viu isso como um sinal de que Lucinda não seria capaz de continuar, então Lucinda aceitou dinheiro vindo diretamente de investidores do ONNDPT que acreditam na missão, e não sabem o que está acontecendo de verdade. Pelo menos esse dinheiro era um pouço mais limpo. O ruim é que o dinheiro veio com condições: Stella Adams, que afirma estar ajudando seus conterrâneos nova-iorquinos.

Caleb intervém:

— Isso é informação básica. Se você é da África, deveria saber que é assim que a colonização funciona. Eles vêm para tomar o controle, nós lutamos por nossa liberdade, tentamos fazer o que eles fizeram, falhamos e depois eles voltam para dominar de maneiras diferentes.

— Sim, fui informada. A gentrificação é a nova colonização — diz Okoye. — Então vocês querem retomar o controle de Brownsville?

— Sim! — Tree diz. — Quero dizer, nem sempre estivemos na mesma página. Só quando o efeito do Êxtase passa, você começa a ver o dano que fez. Ou você se sente terrível e se esforça para parar, ou se sente impotente e continua porque acha que o estrago já foi feito.

— Isso — diz Caleb. — O que colocou um ponto final para mim foi uma grande tempestade que tivemos uma noite. Não dá pra começar um incêndio na chuva, certo? Os criadores do PiroÊxtase não pensaram nisso. Foi como se aquela chuva fria e forte que caía colocasse algum juízo na gente. Alguns de nós estávamos nas ruas apenas deixando a chuva lavar tudo o que tínhamos feito até aquele momento. Os trovões soavam alto, o céu estava escuro, os relâmpagos caindo… A gente recebeu uma segunda chance. Não todos nós, mas um número suficiente. E tudo o que eu queria fazer depois daquela noite era ir para casa e fazer tudo parar.

— No dia seguinte — acrescenta Tree —, andamos por Brownsville como se tivéssemos novos olhos. A loja da esquina onde costumávamos ir quando éramos pequenos? Já era. Nossa loja de tênis favorita, onde comprávamos os lançamentos? Já era. A Cozinha da Gloria, que fazia os melhores hambúrgueres jamaicanos? Os fantásticos pratos chineses no Kim? Onde íamos fazer as unhas e o cabelo? Já era. Já era. Já era.

Todos na sala suspiram ou murmuram baixinho, concordando com Tree.

Um rapaz dá um passo à frente e diz:

— Nem todos caíram nesse papo do PiroÊxtase de cara, mas estávamos em menor número. Demorou um pouco para percebermos que queremos essa coisa fora de Brownsville. O que eu odeio nos noticiários é que, só porque alguns de nós estão fazendo algo, eles fazem parecer que todos aqui estamos fazendo o mesmo.

Então eles começam a murmurar exasperados sobre como Okoye demora para entender o que realmente está acontecendo na comunidade deles.

— Como ela vai ajudar se tivermos que ensinar a ela política a nível de jardim de infância? Ela já deveria saber disso — diz outra garota.

— Achei que você tinha dito que ela era uma guerreira. Ela deveria saber a diferença entre o bem e o mal — diz outra.

— Ei! — Okoye interrompe a conversa. — Vocês me disseram que eu não sei como as coisas funcionam aqui, então preciso fazer perguntas. Sim, política é política em todo o mundo, mas as regras são diferentes em cada lugar.

Todos ficam quietos. Então Tree se aproxima de Okoye e diz:

— Já estamos ajudando uns aos outros. A vereadora Tate e tantos outros tentam manter Stella e a ONNDPT fora do nosso bairro há muito tempo. Mas eles têm armas maiores. Eles têm mais dinheiro e mais poder. É como Wakanda contra o mundo. Aqui é Brownsville contra todo o resto.

Okoye observa cada um daqueles rostos. Todos parecem ser de Wakanda. Ela está familiarizada com a história dos negros na América, como eles foram roubados ou vendidos para escravizadores europeus, colocados em navios e enfrentaram condições brutais no Novo Mundo. Ela está ciente da luta deles por liberdade e igualdade. Fica maravilhada com a forma como eles usam as próprias roupas com tanto estilo e criatividade, de maneiras muito parecidas com a dos adolescentes da idade dela em Wakanda. Mesmo enquanto ela reflete sobre as palavras deles, eles brincam entre si, rindo em meio a tanta confusão e turbulência. Há esperança naqueles olhos e força nas almas, assim como no povo de Wakanda. Mas eles não têm um líder sábio, nem uma erva-coração, nenhuma Dora Milaje, e com certeza nenhum Pantera Negra. O mínimo que ela pode fazer, com a bênção do rei, é dar a eles uma chance de lutar para recuperar seu bairro.

— Povo de Brownsville — diz Okoye. — Lutaremos pelo que acreditamos. Lutaremos pelo que é certo e justo!

Eles não comemoram. Eles não começam a cantar e dançar. Eles apenas a observam com desconfiança. Então ela terá que provar a eles quem é e sua força.

Contudo alguém irrompe pela porta da frente, corre, ofegante, até a sala e diz:

— Os seguranças do ONNDPT estão no quarteirão!

Okoye imediatamente corre para fora da casa para ver um SUV preto descendo a rua.

— Não saiam desta casa — diz ela.

Ela está pronta para atacar, se necessário. Está pronta para se defender caso ataquem primeiro. Mas capitã Aneka abre as portas do carro e faz sinal para que ela se aproxime. Rei T'Chaka também sai. Então Okoye se aproxima de seu rei e de sua capitã de cabeça baixa.

— Ainda não terminei — diz Okoye. — As coisas estão apenas começando. Estamos em perigo?

— Eles não podem fazer nada conosco — diz o rei T'Chaka. — Temos imunidade diplomática.

Okoye se aproxima do rei.

— Este lugar está pegando fogo. Uma mulher com más intenções está tomando o controle. Não posso simplesmente deixá-los aqui.

— Okoye, você precisa entender a diferença entre guerra e batalha — rei T'Chaka responde. — Uma guerra pode ser feita de muitas batalhas. E entre essas batalhas, há tempo para descansar, planejar e traçar estratégias.

— Relaxe, guerreira — diz a capitã. — É hora de descansar, planejar e traçar estratégias.

Okoye respira fundo, absorvendo a verdade das palavras de seu rei. Ela olha para a casa de Caleb e vê Tree olhando pela janela. Ela acena com a cabeça como uma forma de dizer que promete voltar. Tree retorna o aceno para reconhecer que Okoye ganhou a confiança dela. Finalmente.

CAPÍTULO 15

Okoye teve que ficar quieta no caminho de volta. Algo havia acontecido entre o rei e Stella Adams, mas não podiam conversar sobre isso enquanto estavam em um dos carros de Stella com um dos motoristas dela. O rosto de rei T'Chaka estava inexpressivo. Capitã Aneka lançou olhares para ela várias vezes. Felizmente, Okoye sempre foi capaz de ler as emoções da capitã. O rosto dela deixa Okoye saber que não deve se preocupar. As coisas foram resolvidas, mas Okoye precisa ter mais cuidado.

De volta ao hotel, todos enfim relaxam enquanto pegam o elevador até seus quartos antes do jantar. Rei T'Chaka faz Okoye parar e diz:

— Em tempos como este, a diplomacia é minha maior arma. É meu trabalho como rei de Wakanda manter a paz entre as nações, mas se as negociações e a diplomacia falharem, sempre nos defenderemos. Lembre-se disso, Okoye, mesmo enquanto defende as boas pessoas de Brownsville.

— Sim, meu rei — diz Okoye, inclinando a cabeça.

No quarto delas, Aneka relata todos os eventos que ocorreram depois que Okoye desapareceu na escada do centro comunitário.

— O show tinha que continuar, é claro — diz a capitã.

— É claro — Okoye repete. — Então mais repórteres chegaram?

— Não muitos, mas havia gente suficiente para Stella ignorar os alarmes e a comoção entre os seguranças e fingir que tudo estava bem. Afinal, estava tudo sendo filmado. Ela não podia deixar as pessoas pensarem que não tinha controle sobre aquela pequena parte de Brownsville, especialmente com todo o caos acontecendo lá fora — diz Aneka.

— Ela sabia que era eu, não é? Então, qual foi a resposta dela para você e o rei? — Okoye pergunta.

— Não havia tempo para responder. Os convidados ouviram a explosão do lado de fora e viram as chamas saindo das janelas altas. Eles correram para sair do centro comunitário e chegar ao local, mas Stella os impediu, dizendo que era perigoso demais lá fora — diz o capitã. — Ela fez parecer que as pessoas de Brownsville estavam fazendo isso, sem mencionar o próprio papel em espalhar o PiroÊxtase. Alguém se machucou?

— Não. Mas o escritório de Lucinda Tate está completamente destruído. Talvez esse fosse o verdadeiro plano de Stella, fazer os repórteres testemunharem sem sombra de dúvida como Brownsville está em uma situação ruim. Ela explicou, é claro, que não conseguiriam incendiar o centro comunitário.

— Ah, sim. Assistimos a uma palestra relacionada a isso antes dos incêndios começarem. Ela mostrou em um telão como os arquitetos tornaram todo o edifício à prova de fogo.

— À prova de fogo? — Okoye diz. — Isso explica tudo, capitã. Stella Adams está fabricando PiroÊxtase no porão daquele prédio.

Capitã Aneka fica em silêncio por um longo momento antes de dizer:

— Você tem uma guerra difícil adiante, Okoye, e eu estarei ao seu lado.

— Obrigada, capitã — diz Okoye.

Depois que a capitã adormeceu, Okoye entra no banheiro. Ela remove uma conta Kimoyo de sua pulseira e sussurra:

— O que é PiroÊxtase?

Artigos, reportagens, dados e conversas on-line são compilados e carregados, e a voz melódica e onisciente da conta Kimoyo relata para Okoye:

Conhecido por ser um soro de felicidade, criado para permitir que seu usuário tenha uma experiência imersiva com qualquer um dos quatro elementos encontrados no mundo natural: fogo, terra, água e ar. Primeiro inventado pelo dr. Lucas Adams, químico premiado e irmão mais novo da filantropa, socialite, investidora do mercado imobiliário e fundadora das Organizações Nenhuma Nação Deixada Para Trás, Stella Adams, o soro PiroÊxtase concede ao usuário poderes pirocinéticos enquanto a pessoa está em um estado eufórico quimicamente induzido. Os primeiros testes do soro ocorreram em ambientes controlados onde os usuários podiam experimentar com segurança em objetos grandes, como paredes de tijolos. No entanto, com a morte súbita e prematura do dr. Lucas Adams, Stella Adams assumiu o controle da patente e declarou publicamente que a produção de PiroÊxtase seria descontinuada. Contudo especulações recentes afirmam que o soro PiroÊxtase está sendo vendido no mercado clandestino em bairros pobres dos Estados Unidos. No entanto, nenhum vínculo ligando PiroÊxtase à ONNDPT foi confirmado.

Okoye puxa outra conta e a segura na palma da mão enquanto um holograma se estende dela. A conta havia invadido o sistema de vídeos recentes no laboratório. Stella Adams entra no laboratório, onde os químicos a cercam. Ela está diante de uma mesa que contém vários cilindros de medição cheios de líquido vermelho.

— O soro que é para mim, e só para mim, deve ser vermelho, como molho de pimenta — ordena Stella. — Adicione um pouco de tempero picante a ele apenas por diversão. E eu não quero ficar viciada nisso, então reduza muito a quantidade da substância química.

— Por que não experimenta agora? — diz um dos químicos. — Podemos testá-lo para garantir que as habilidades pirocinéticas entrem em ação no momento certo.

Uma casa de bonecas dentro de uma caixa de vidro grosso está na outra ponta do laboratório. Stella recebe um pequeno frasco de soro e o toma de um gole antes de ir até a caixa de vidro.

— Em que devo focar, na caixa ou na casa de bonecas?

— Por favor, sra. Adams, nós não queremos que este prédio todo pegue fogo.

— Não pode e não vai. — Ela fica quieta e focada. Em segundos, faíscas começam a voar ao redor da casa de bonecas. Logo chamas começam a dançar dentro da caixa de vidro. O fogo cresce e cresce e cresce.

— Eu gosto disso — diz Stella. — Mas por que não evoluímos? Casas de bonecas são para amadores. Edifícios e casas são para os desamparados e pobres. Vamos adicionar um pouco mais de tempero e fazer funcionar, digamos, em pessoas.

O químico olha para todos os cientistas na sala.

— Nós… Nós podemos fazer isso — ele diz, com voz trêmula.

O holograma volta para a conta e um peso se instala na barriga de Okoye. Ela inspira fundo, sabendo que uma guerra está se formando em Brownsville.

Faltam apenas três dias até que Okoye, capitã Aneka e rei T'Chaka tenham que partir da cidade de Nova York para retornar a Wakanda. O rei está aos poucos se distanciando de Stella Adams e da ONNDPT, apesar de terem pagado pela viagem. Ele dedica esses últimos dias a ajudar Okoye a elaborar um plano para o povo de Brownsville.

Sentados no restaurante do hotel para o café da manhã, até mesmo uma refeição casual parece uma reunião importante quando se trata do rei T'Chaka.

— Dora Milaje — ele começa enquanto toma café —, uma parte importante de ser um cidadão do mundo é cultivar uma profunda empatia pelas pessoas de todas as nações.

— Com todo o respeito, meu rei — Okoye interrompe. — Empatia não é ação. O que fazemos além de sentir pena de um povo que está sofrendo?

Capitã Aneka limpa a garganta enquanto encara Okoye. Talvez Okoye tenha ultrapassado os limites ao questionar o rei dessa forma.

— Está certa, Okoye — diz o rei. — No entanto, eu sou o líder de Wakanda, não o líder do planeta.

Ele abaixa a voz.

— Mesmo com todo o vibranium que possuímos, ainda estamos vulneráveis. Lembre-se, a Europa é muito menor que todo o continente africano, mas os europeus conseguiram colonizar o mundo. E a Grã-Bretanha é do tamanho de apenas uma nação africana, mas foram capazes de espalhar seu império por todo o globo. O sol deles ainda não se pôs. Somos peixes pequenos em um vasto oceano, Okoye. Sim, podemos ajudar outras nações, mas a ganância é nosso maior inimigo. As nações se unirão para tirar o vibranium de nós. Não vão querer compartilhar e ficaremos sem nada. Mesmo que esteja escrito nas estrelas que o Pantera Negra se erguerá e que não seremos derrotados, não estou disposto a entrar em guerra com o mundo.

— E onde Brownsville entra nisso tudo? Eles não têm vibranium — Okoye retruca.

— Correta mais uma vez. Mas eles têm uma comunidade, uma aldeia pela qual lutar. Contudo, nem sempre você poderá estar lá para lutar com eles, Okoye. E, claro, não podemos compartilhar o vibranium com eles. O que de valor você possui que pode compartilhar um pouco com as pessoas de Brownsville, em especial, as que olham para você com tanta admiração nos olhos?

Okoye olha para a capitã Aneka, que sorri como alguém que sabe de algo, como se já tivesse entendido o que o rei está tentando dizer. Então tudo fica claro para Okoye como a luz do sol da manhã.

— Aquelas garotas em Brownsville, Tree e Mars, com certeza gostariam de treinar para se tornar Dora Milaje. Aprenderiam muito mais do que luta física. Elas aprenderiam disciplina e estratégia, lealdade e honestidade, justiça e paz. Elas já têm a chama nelas, embora mal orientada.

— Então talvez, Okoye — diz Aneka —, *você* possa se tornar a capitã *delas*.

Um leve sorriso surge no rosto de Okoye, mas o peso da responsabilidade de treinar aquelas jovens para fazer apenas uma fração do que ela é capaz de fazer se instala no âmago dela. Tree e Mars não têm um rei ou um trono real para proteger, e com certeza não têm nada parecido com o vibranium. Mas elas têm um lar para salvar, um povo, memórias e histórias. De fato, vale a pena lutar por isso com algumas das habilidades das guerreiras mais poderosas do planeta.

Rei T'Chaka, capitã Aneka e Okoye pegam um táxi até um dos lugares onde as Organizações Nenhuma Nação Deixada Para Trás deixaram sua marca, como em todas as partes destruídas da cidade. O rei cancelou um convite para um passeio pelos lugares favoritos de Stella. Ele queria ver por si mesmo, com as Dora Milaje, o dano que a ONNDPT de fato causou a esses lugares. O motorista revela a tatuagem no lábio para que eles saibam que é um dos enviados especiais de Wakanda. Mas ele fica em silêncio enquanto conduz seu rei e as Dora Milaje pela cidade.

— Ah, o Harlem! — rei T'Chaka diz enquanto seguem pela 125ª Street. — Há tanta história aqui, mas posso ver como parte dela está sendo apagada aos poucos.

— Muito parecido com muitos países e cidades por toda a África — diz Aneka.

— Diga, meu rei, por que onde quer que haja pessoas como nós, pessoas do sol e da terra, da lua e das estrelas, parece haver tanto sofrimento? — Okoye pergunta.

— Ah, essa é uma pergunta para os deuses e os ancestrais — diz rei T'Chaka. — Embora, em um lugar como este, seja bastante evidente que todo esse sofrimento e pobreza é intencional. Há poderes que querem manter as coisas desse jeito.

Okoye continua a refletir sobre essa questão enquanto observa as pessoas nas ruas.

— Esta parte do Harlem é ainda mais parecida com Wakanda do que o Brooklyn — diz ela ao rei e à capitã. — Essa rua é quase como um dia do mercado lá em casa, na forma como os vendedores oferecem seus produtos e os clientes pechincham por preços melhores.

— Você está certa, Okoye — responde Aneka. — Os rostos deles são como nossos rostos. O andar e o falar deles são como o nosso andar e falar, embora o chão seja diferente aqui, e as idas e vindas das palavras deles sejam menos líricas, mas são poéticas da mesma forma.

Contudo, quando Okoye observa alguns dos arranha-céus e lojas de departamento reluzentes, percebe que pedaços deste Harlem estão sendo arrancados por forasteiros que afirmam estar trazendo progresso para o benefício do povo. Progresso para os colonizadores significa destruir algo velho para construir algo novo. Mas em Wakanda não é assim. Em segredo, a nação é o país com a tecnologia mais avançada do mundo, e não tiveram que destruir nenhuma parte do passado para alcançar a grandeza, embora a amada pátria não tivesse impedido que isso ocorresse em outros lugares. Em Wakanda, o velho e o novo coexistem, embora nem sempre de modo pacífico. Há pequenos conflitos, sim, mas os ancestrais e os que ainda não nasceram são como irmãos saídos do mesmo ventre: às vezes se dão bem, às vezes não. Já em Nova York, o futuro deve destruir o passado para sobreviver, e isso é devastador. Povos inteiros e suas histórias são erradicados no processo. Okoye inspira e diz:

— Estes são nossos irmãos e irmãs.

— Mais como primos — diz capitã Aneka.

— Não, você está certa, Okoye — diz o rei. — Irmãos e irmãs, porém separados no nascimento.

A cada dia que passa, Okoye se sente cada vez mais confiante de que tomou a decisão certa ao ajudar seus irmãos e irmãs distantes de Brownsville. Ela, capitã Aneka e o rei não estão apenas dando um passeio pelo Harlem e por outras partes da cidade, estão vendo o dano que pessoas como Stella e empresas como as Organizações Nenhuma Nação Deixada Para Trás causaram a essas pessoas, ao povo de Okoye.

À medida que avançam mais para o norte no Harlem, mais prédios queimados e dilapidados tornam-se visíveis. PiroÊxtase certamente chegou até ali, e Okoye se pergunta se Stella e a ONNDPT expandiram as operações para o Harlem. As sirenes de caminhões de bombeiros são a música de fundo deste local, mas há crianças brincando nas ruas e se divertindo. Música sai de alto-falantes estéreo e as pessoas em geral parecem felizes. É como muitos dos países devastados pela guerra na África, onde as pessoas precisam encontrar um pouco de alegria em meio a tanta destruição e incerteza.

Eles seguem até o Bronx, onde a cena é quase a mesma. Os efeitos do PiroÊxtase não são visíveis apenas na paisagem destruída, mas nos rostos dos jovens de lá. As crianças ainda riem e brincam em meio aos escombros, mas Okoye não pode deixar de notar as nuvens cinzentas que pairam sobre esta parte da cidade de Nova York, e nessas nuvens estão as mãos sinistras de Stella Adams e da

ONNDPT. Tree estava certa. Isso não é algo que as pessoas fazem a si mesmas. Há forças maiores em ação.

— E se pudermos ajudar a todos? — Okoye pergunta, quase pressionando o rosto contra a janela do carro.

— Você tem um coração generoso e nobre, Okoye — diz o rei T'Chaka.

Capitã Aneka toca o braço dela e diz:

— Você sabe que isso exigiria uma guerra mundial, certo?

Okoye assente com a cabeça, sabendo que ajudar Brownsville seria apenas o começo. A notícia se espalharia. As pessoas comentariam. E, no fim das contas, teriam que ajudar a cidade de Nova York e todos os negros de todas as Américas. Não pararia por aí. Wakanda teria que salvar o mundo. Mesmo com tanto poder tecnológico quanto sua nação possui, ela ainda é um pequeno país onde há uma corte real, fazendeiros, camponeses e guerreiras habilidosas como ela. Grandes sacrifícios teriam que ser feitos.

— Agora você entende? — rei T'Chaka diz do banco da frente como se estivesse lendo a mente de Okoye.

— Sim, meu rei. Brownsville bastará por enquanto — diz Okoye, suspirando e recostando-se no assento enquanto voltam para o hotel.

— Mais uma vez, Okoye, eu te dou minha bênção. Mesmo enquanto você protege o trono de Wakanda, o Pantera Negra está sempre a uma conta Kimoyo de distância — diz o rei, sorrindo e dando uma piscadela.

Esta noite ela retornará a Brownsville, onde ajudará os jovens a se organizarem e lutarem pelo que é deles de direito.

— Deveríamos estar usando nossas túnicas de guerra — diz capitã Aneka quando estão prontas para sair. As contas Kimoyo e as lanças delas estão sempre escondidas nas mangas das roupas. É como carregar um pedaço da verdadeira Wakanda e a verdade de quem elas são enquanto Dora Milaje aonde quer que vão.

— Estamos lutando ao lado das pessoas de Brownsville. Mesmo que compartilhemos as regras de nossas táticas guerreiras, é melhor não nos destacarmos muito — diz Okoye. Assim, usando blusões com capuz e calças de moletom, tênis e bonés, as duas integrantes das Dora Milaje wakandanas partem para Brownsville, prontas para essa batalha em terras estrangeiras.

Okoye e Aneka chegam à casa de Caleb, onde são recebidas por Tree e alguns outros. Mas Tree as leva para longe do quarteirão. Elas seguem por várias ruas até chegarem a um parquinho próximo.

— As paredes têm ouvidos em Brownsville — diz Tree, sentando no encosto de um dos bancos do parque. — Eu não sei quem está espionando para Stella. Olhem como meu grupo ficou um pouco menor.

— Onde estão os outros? — Okoye pergunta.

— Mars está morando em um daqueles condomínios — responde Tree. — Com Stella, eles podem conseguir emprego, agora até um apartamento grande o bastante para toda a família, e ela pode ajudá-los a entrar em uma escola melhor. Okoye, não temos nada para oferecer a eles além de esperança. O que Stella fez, tirando aquele prédio de Lucinda, me fez perder a esperança. Temos a *esperança* de conseguir fazer Brownsville voltar a ser do jeito que era, mas não era tão bom antes de tudo. Temos a *esperança* de conseguir alguns empregos, mas será que vão pagar o mesmo que receberíamos se trabalhássemos para a ONNDPT?

— Tree Foster, você não vai descobrir as respostas para nenhuma dessas perguntas se não lutar por sua comunidade — responde Okoye. — Wakanda é um ótimo lugar, mas exigiu muito trabalho para fazê-la ser assim e muito trabalho para mantê-la dessa forma.

— Sim, mas não é como se vocês estivessem lá no topo, com os Estados Unidos ou a China agora — diz uma garota.

Okoye e Aneka se entreolham. Se ao menos pudessem levar essas crianças para Wakanda para que vissem o que é possível no mundo e o que é possível em um país inteiro formado por pessoas que se parecem com elas.

— Esses países jogam com regras diferentes — diz capitã Aneka. — Há outros jogos para jogar e vocês podem fazer as próprias regras.

— Bem, o nome do jogo é dinheiro — diz Tree. — Eles têm a maior parte, então fazem as regras.

— Dinheiro não é a resposta para tudo — diz Okoye. — Deixe-me mostrar uma coisa.

Okoye gesticula para que capitã Aneka se junte a ela. Ambas entram em posição de combate.

— É isso que vocês fazem para caçar leões? — alguém pergunta.

Okoye relaxa a postura.

— Lamento muito que não lhes ensinem a verdade sobre a África na escola. Nós vamos mostrar para vocês. Mas lembrem-se, esta é apenas a ponta do iceberg, como dizem.

Em uma fração de segundo, a lança de Okoye se desdobra da manga da blusa. Então a lança de Aneka também emerge da manga dela. Com um movimento dos pulsos de ambas, as lanças se alongam. Elas recuam e mudam de posição para se prepararem para o combate.

— Uau! — os adolescentes dizem.

Okoye e capitã Aneka simplesmente praticam suas táticas, usando apenas os métodos leves e menos violentos de derrotar uma à outra com as lanças. É uma performance e elas sorriem enquanto os adolescentes incentivam e torcem por sua favorita, que é Okoye. Mas Okoye deixa Aneka vencer e as crianças pedem uma revanche.

Enquanto elas se preparam para começar o combate performático de novo, Okoye sente uma mudança no ambiente. Ela para e se vira para ver Mars e um grande grupo marchando em direção a eles. Okoye olha para Tree, que está visivelmente angustiada com a visão de Mars, e o que costumava ser mais da metade de seu grupo.

— Você e Mars já se entenderam? — Okoye pergunta, sabendo que ainda ontem havia escutado Mars declarar sua lealdade a Stella e à ONNDPT, mas elas poderiam estar tendo problemas muito antes disso.

Tree nega com a cabeça.

— Claro que não.

Mars está um pouco à frente do grupo. Ela para bem na frente de Okoye e diz:

— Qual é o seu problema, guerreira de Wakanda?

— Meu problema é que você está do lado de Stella Adams e sabe que o que ela está fazendo aqui é terrível para seu lar e para seu povo — responde Okoye.

— Há tanta coisa que você não entende, Okoye — diz Mars.

Tree começa a se aproximar de Mars, mas Okoye a impede, avistando uma pequena confusão à distância, perto da entrada do parquinho. Uma chama se torna visível e Okoye corre para ajudar.

— Não! Saia do caminho deles! — Tree grita atrás dela.

Mas Aneka corre para ajudar Okoye, tirando as crianças do caminho da chama que se aproxima. Um trepa-trepa com dois escorregadores e alguns balanços anexos está pegando fogo. A maioria das crianças está fugindo das chamas e bebês estão chorando. Outras ficam paradas, assistindo impressionadas.

— Saiam daí! — Tree grita com as crianças enquanto parentes e outros adultos vêm ajudar.

As cores azul e laranja dançam ao longo dos balanços e das barras coloridas do equipamento do parquinho enquanto as crianças ao redor continuam assistindo como se o fogo fosse uma performance de marionetes e eles fossem os mestres das marionetes.

— Façam parar! — Okoye diz às crianças. Mas os olhos delas estão vidradas e não há nada além de puro enlevo no rosto delas, enquanto as chamas tomam a forma de árvores, depois de um arco-íris, em seguida de um unicórnio. As crianças estão manipulando as chamas coletivamente sob o efeito do PiroÊxtase.

— Elas não são capazes de apagar! — Tree diz.

Okoye se aproxima de cada um dos garotos e observa como seus olhos são como conchas vazias. Ela passa a mão diante do rosto deles, mas sequer piscam. Toca-os nos ombros e eles não se movem.

Tree se aproxima e puxa um dos garotos para longe, atirando-se ao chão com ele até que ele a força a soltá-lo e fica de pé, esfregando os olhos como se tivesse acabado de acordar de um sonho ruim. Okoye e Aneka fazem o mesmo com os outros. Alguns lutam para escapar delas; outros apenas se rendem, deixando-se sair da viagem pirocinética.

Ainda assim, as chamas continuam a arder. Okoye olha ao redor do parque em busca de alguma pequena fonte d'água. Aneka aponta para um hidrante na beira da calçada fora da entrada do parque. Está próximo o bastante. Com um movimento dos pulsos, a lança de Okoye reaparece. Ela acena para a capitã, que imediatamente entende o que ela está prestes a fazer.

— Quem são elas, afinal? — uma garota pergunta em voz alta.

— Ouvi dizer que são da ONNDPT — alguém responde.

— Não, ouvi dizer que são da África — diz outra pessoa.

A capitã faz um leve aceno para Okoye. Em seguida, ambas recuam e apontam as lanças de vibranium para o hidrante. O som de metais se chocando enche a rua, faíscas disparam no ar, e as lanças quebram o tampão do hidrante com tanta força que a água atravessa numa rajada o parque e cai sobre as chamas como um gêiser.

Quase todo o parquinho irrompe em um coro de aplausos enquanto todos ficam encharcados com a chuva improvisada. Outros, assustados com o que acabaram de presenciar, saem correndo do parque. Tree, Mars e o resto do grupo encaram as Dora Milaje com admiração.

— Agora eu quero ir para a África! — um garoto exclama, e todos concordam com gestos de cabeça.

— Nós tentamos tanto não deixar isso acontecer — diz Tree. — Agora não temos apenas prédios quebrados, até o parquinho está destruído. Eu gostaria que vocês pudessem fazer isso por todos os prédios de Brownsville que são incendiados pelas chamas do PiroÊxtase.

Os garotos parecem confusos e os olhos dele parecem procurar por um rosto familiar ou palavras gentis de alguém no parquinho. Okoye se agacha para ficar ao nível dos olhos deles e diz:

— Tudo vai ficar bem. Vocês estão a salvo. Agora, quais são seus nomes?

— Não é da sua conta! — diz um deles. — Quem você pensa que é? Uma super-heroína?

Okoye fica chocada.

— Não. *Você* é um super-herói. E você, e você… — ela diz, apontando para cada um antes que eles corram até o hidrante quebrado que continua jorrando para brincar na água.

— De novo, pela milésima vez — Tree ri, aproximando-se do grupo de crianças. — Bem-vinda a Brownsville. Eles são crianças, mas não confiam em estranhos que chegam para salvar o dia. Não importa a sua aparência.

— Eu não sou o inimigo — diz Okoye.

— E eles também não vão pensar que você é a mocinha. Agora podemos ter pelo menos uma dessas lanças? — Mars diz.

Okoye e Aneka vão até o hidrante para pegar as lanças de volta antes que observadores as peguem. Elas interrompem o gêiser improvisado, colocando o tampão sobre a água que jorrava e apertando-o com as mãos. As crianças vaiam por interromperem a diversão, antes de voltarem para outras partes do parque para brincar.

— Do que essas coisas são feitas? Vodu? — Mars pergunta.

— São apenas lanças. Com alguma prática, você também pode aprender a mirar como uma guarda-costas supermodelo de Wakanda — brinca capitã Aneka.

Em um instante, as lanças voltam para as mangas das Dora Milaje.

Mars começa a bater palmas devagar, sarcasticamente aplaudindo Okoye e Aneka por um trabalho bem-feito.

— Parabéns — diz ela. — Vocês salvaram Brownsville com seu pequeno truque de dardos.

— Apagamos um incêndio, só isso — diz Okoye. — Nem chegou perto de ser uma batalha.

— Se isso é tudo que vocês duas têm a oferecer, então Stella já ganhou. Nem o PiroÊxtase nem os incêndios pequenos e grandes por toda a parte importam. O que importa é o dinheiro. Como vão usar essas lanças extravagantes para trazer dinheiro para Brownsville? Stella controla o centro comunitário. Então agora todo o dinheiro que está prestes a entrar em Brownsville terá que passar por ela. Ela decide como gastar o dinheiro e há muito para ser distribuído.

— Esse dinheiro vem do PiroÊxtase, Mars — Tree diz, aproximando-se de Okoye e Aneka. — E isso está prejudicando as pessoas aqui. Eu não sabia o quão ruim isso ficaria. Veja como aquelas crianças que estavam tomando PiroÊxtase eram novas. E o pior de tudo, nossas casas estão sendo destruídas uma por uma. Os lugares em que crescemos, as memórias, as coisas que mantinham nossas famílias unidas. Estão todas sendo destruídas pelo fogo! Então, sim, o PiroÊxtase importa ou então ela não teria feito que o vendêssemos por aí.

Um garoto que parece ser alguns anos mais novo se aproxima para puxar a camiseta de Mars.

— Quero levar, tipo, dez frascos de soro Êxtase pra mim e meus amigos.

— Quanto você tem? — Mars pergunta.

— Não! — Okoye grita. — Já basta!

Mars se aproxima de Okoye enquanto a olha da cabeça aos pés.

— *O que* vocês são, de verdade? — Mars pergunta.

— Nós somos Dora Milaje. Somos mais do que guardiãs. Somos guerreiras — Okoye responde, orgulhosa, olhando para a capitã e finalmente se sentindo livre o suficiente para declarar o que de fato é neste lugar estrangeiro.

— Stella sabe do que vocês são capazes de verdade, do que podem fazer com essas lanças? — Mars pergunta.

— Ela talvez tenha que descobrir em breve se não parar de produzir PiroÊxtase no centro comunitário. Mars, há algo em sua alma que lhe diga que não está fazendo a coisa certa?

— O certo é relativo, Okoye. O que é certo para mim é ter certeza de que posso me sustentar e ajudar a sustentar minha família, mas algumas pessoas acham que é errado fazer o que for preciso para sobreviver. — Mars olha para Tree enquanto cruza os braços como se estivesse na defensiva. — Por que não usa esses superpoderes para nos ajudar a conseguir mais dinheiro para Brownsville?

— Temos que apagar todos os incêndios primeiro — diz Okoye.

— Eu imaginei — diz Mars, descruzando os braços e começando a se afastar.

— Espere. Mas podemos ensiná-la a lutar pelo que deseja, pelo que precisa. — Okoye consegue a atenção de todos.

— O que exatamente podem nos ensinar? — Tree pergunta.

— Precisamos nos unir para lutar contra Stella e a ONNDPT — diz Okoye.

Mars se aproxima de Okoye até que ela esteja a apenas um sopro de distância.

— Tome cuidado. Stella tem mais de tudo e pode derrotá-la.

Enquanto se afastam do hidrante em direção aos bancos, vários bombeiros entram no parque inspecionando o parquinho semidestruído. Eles olham para o grupo e se afastam como se os escorregadores e balanços não tivessem importância.

— Eles sempre aparecem quando é tarde demais — diz Mars.

— É como se estivessem esperando tudo queimar — acrescenta Tree.

— Então, Mars, você se importa se Brownsville é destruída ou não? — Okoye questiona.

— Ora, se não há Brownsville, então qual é a razão de continuar aqui?

— É, mas você terá seu apartamento chique e seu bom salário — diz Tree.

Okoye nota a tristeza no rosto de Mars.

— Mars, o que você quer? — pergunta.

Mars ergue o olhar e observa o parque. As poucas crianças que estavam brincando perto do trepa-trepa foram embora. As sirenes continuam a soar e a fumaça de algum incêndio próximo faz o céu parecer ainda mais vermelho e nublado, mas em alguma outra parte da cidade, é um dia claro e ensolarado.

— Eu não sei como isso aconteceu — diz Mars, quase sussurrando. — O que foi que a gente fez?

Okoye olha ao redor.

— Não faz sentido ficar remoendo o passado — ela responde. — Vamos seguir em frente, Mars. Agora, imagine o tipo de Brownsville que quer ver, o tipo de lar e de comunidade em que quer viver.

Mars parece estar vendo o playground e a paisagem de Brownsville pela primeira vez.

— O que foi que a gente fez? — ela pergunta novamente.

CAPÍTULO 16

— Quando a situação é injusta, quando tudo está errado e vocês querem consertar as coisas, o que fazem? — Okoye pergunta a todos os garotos que se reuniram no parquinho.

Mars tinha chamado todos os jovens que trabalhavam para Stella Adams até o parque. Tree reuniu o grupo dela também. Juntos, são mais de vinte adolescentes esperando para ouvir como exatamente vão parar a destruição causada pelo PiroÊxtase na comunidade deles e impedir Stella Adams de tentar assumir o controle. Eles estão sentados nos bancos e na calçada do lado de fora do parquinho.

— Quando a polícia mata um de nós, ou quando alguém daqui mata outro, ou quando vamos para a cadeia por algo que não fizemos ou por algo que fizemos, a gente protesta — explica Tree. — Vamos às ruas e fechamos tudo.

— Fale mais sobre esses protestos — diz capitã Aneka.

— Como o dr. King e a marcha pelos direitos civis — diz Okoye.

— Sim, exatamente — diz Mars. — Paramos tudo e marchamos por toda a parte. Às vezes vamos até um tribunal ou até a casa do prefeito e gritamos com os punhos erguidos.

— Às vezes bradamos algo como "Sem justiça, não há paz" ou "Justiça para fulano de tal" — acrescenta Tree.

— E o que conseguem com isso? — Aneka pergunta.

— Às vezes conseguimos justiça, às vezes fazemos muito barulho só para que possa ser noticiado e nossas vozes sejam ouvidas — responde Tree.

— E quando querem se livrar de algo, como o PiroÊxtase? — Okoye pergunta.

Eles ficam em silêncio por um longo momento e olham um para o outro.

— Se livrar do PiroÊxtase não é tão fácil quanto parece — diz Mars. — Não podemos apenas mandar as pessoas pararem de tomar, e se elas não conseguirem parar de tomar, não vão conseguir parar de incendiar as coisas. Entende? Não há muitos de nós aqui no parque. Tem vários por aí, procurando por Êxtase e querendo ver grandes chamas mágicas, e por isso acabam incendiando as coisas. Eles não conseguem entender quanto dano estão causando à própria comunidade e ao futuro, pois estão presos nesse Êxtase.

— E isso é parte do plano, certo? — Okoye diz.

— Diria que é a base do plano.

— Mas vocês podem lutar contra quem de fato é responsável por tudo isso. Vocês podem lutar contra Stella Adams.

— É fácil para você dizer isso, porque ninguém está atacando Wakanda — retruca Tree. — Eu pesquisei na internet. É uma nação pacífica pra qual ninguém liga. Por que vocês precisam de guerreiros, afinal?

— Toda nação precisa de proteção — diz a capitã, olhando para Okoye. — Não importa o quanto seja pequena e pareça insignificante.

— Se não fosse por Lucinda Tate, não estaríamos aqui — acrescenta Okoye. — Então, ninguém estava ligando para Brownsville também, como você diz. Mas vocês precisam de proteção.

— Bem, Wakanda precisa ser protegida contra quem, afinal? — Mars pergunta.

Okoye troca um olhar com Aneka mais uma vez. Elas se comunicam silenciosamente dessa maneira. Uma troca de olhares significa solicitar permissão e a permissão ser concedida sem que nenhuma das duas tenha que explicar mais. Capitã Aneka acena com a cabeça em aprovação.

— Stella Adams e as Organizações Nenhuma Nação Deixada Para Trás tinham planos de expandir para Wakanda. Ela acha que beneficiaria meu povo ter vários centros comunitários por todo o pequeno país. Ela estava tentando se aproximar de nosso rei na esperança de que ele concordasse. Stella Adams planejava injetar muito dinheiro e PiroÊxtase em Wakanda e, no fim das contas, acabaria por dominá-lo — diz Okoye, encarando Tree e Mars para garantir que a estejam ouvindo e entendendo.

— Isso é horrível — diz Tree. — Mas como impedir alguém que tem tanto poder assim? Se ela quer dominar países inteiros, o que a impede de dominar todo um bairro? Quero dizer, olhe para o Harlem e South Bronx. Estão cheios de centros comunitários da ONNDPT, e o PiroÊxtase está destruindo tudo ao redor.

— Sim, você viu o que aconteceu com o Harlem? — Mars diz.
— Para cada prédio incendiado, há um novo, mais brilhante e mais alto no lugar.

— Como protegemos todos esses lugares? — Tree pergunta. — Quero dizer, e se por um milagre derrotarmos Stella e ONNDPT? E depois?

Okoye inspira e observa a fumaça acima do parquinho.

— Essa é a velha pergunta, não é? Como salvar a nós mesmos e ao mundo ao mesmo tempo?

— Okoye, a resposta é simples — diz capitã Aneka. — Esse é o trabalho de super-heróis.

— Hm. Capitã Aneka tem razão — diz Okoye. — Somos apenas guardiãs de uma pequena nação africana chamada Wakanda. Não podemos salvar o mundo. Podemos somente proteger nossa pequena parte dele. E, com sorte, outros verão o que estamos fazendo e como fizemos, e serão inspirados a fazer o mesmo em sua parte do mundo.

Tree, Mars e as outras crianças olham umas para as outras.

— Tudo bem — diz Tree. — Vamos fazer isso. Agora, onde posso conseguir uma dessas lanças?

— Relaxe, jovem guerreira — Okoye responde. — Quem você é? Qual é o seu propósito aqui?

— Qual é o propósito dessa pergunta? — Tree questiona.

Okoye gesticula para que todos fiquem de pé. Ela pede que façam um círculo.

— Está claro que vocês sabem pelo que estão lutando. Também sabem contra quem estão lutando. Mas vocês sabem com que armas estão lutando?

— Como eu acabei de dizer — Tree interrompe. — Se nos emprestarem uma dessas lanças mágicas, ficaremos bem. E o que há nessas coisas, afinal? Magia de Wakanda?

— Magia? Não. É apenas ciência, tecnologia, disciplina e força. Também requer estratégia. Mas vocês precisam conhecer as regras primeiro, da mesma forma que precisam conhecer a si mesmos.

— Sim, quem são vocês? — Aneka pergunta.

Mars aponta para os amigos, que se posicionaram ao redor delas, observando a multidão que se dispersa do lado de fora do parquinho.

— Vocês já conheceram aquelas duas. Essas são Kendra e Neptune e...

— Não, não é isso que queremos dizer — responde Aneka.

— Queremos saber quem vocês são, não seus nomes — acrescenta Okoye. — Vocês têm que saber quem são por dentro, em suas almas, para saber quais habilidades podem trazer para a batalha. Veja bem,

Aneka e eu temos essa lança mágica, como vocês dizem. Contudo nós acabamos de usá-la de formas diferentes.

Tree e Mars trocam olhares, então cruzam os braços enquanto se aproximam de Okoye.

— Você quer saber quem somos de verdade? — Tree pergunta.

— Então você primeiro. Como Wakanda é de verdade e o que fez vocês decidirem se tornarem guerreiras?

Okoye olha para capitã Aneka, que acena com a cabeça mais uma vez como forma de dar permissão para que essas crianças de Brownsville saibam o segredo delas.

— Nós somos Dora Milaje — diz Okoye. — Mas Aneka e eu somos muito diferentes, bem parecidas com você e Mars. Eu sempre quis ser uma guerreira, mas nem sempre tive certeza de que tinha o que era preciso. Eu era uma criança cheia de opiniões, é verdade. Era amorosa e leal. Sempre tive muito respeito pelo trono de Wakanda. Mas me tornar uma Dora Milaje significava que eu teria que fazer grandes sacrifícios. Deixei minha família no campo e tive que dedicar minha vida ao trono. Tudo o que faço é pelo trono. Eu luto por Wakanda.

— E ela nem sempre foi uma lutadora habilidosa, sabe? — acrescenta capitã Aneka. — Enquanto eu sou rápida e assertiva com minha lança, Okoye é mais calculista e graciosa. A forma como lutamos está ligada a quem somos. No meu caso, eu nem sempre quis ser uma Dora Milaje, mas recebi um chamado, um dever.

— Isso é verdade — diz Okoye. — Podemos ter entrado nesta vida por caminhos diferentes, mas estamos lutando por um objetivo comum.

Tree está retorcendo as mãos e olhando para Mars, que lhe dá um olhar solidário.

— Está disposta a compartilhar o que quer que a esteja incomodando com todos aqui, Tree? — Okoye pergunta.

— Sim, esse é o meu povo. Eles conhecem minha história. Mas bem, eu nunca realmente contei isso, sabe. Talvez em um rap ou uma pequena redação para a escola. Mas ninguém nunca me perguntou quem eu sou de verdade nem pediu que eu contasse minha história.

— Continue. Estamos ouvindo.

— A gente morava no mesmo quarteirão do centro comunitário — começa Tree. — Era um prédio bom onde os elevadores eram limpos e, assim que saímos pelas portas de entrada, o parque estava bem em frente. Quando fiz dez anos, mamãe me deixava ir para o parque sozinha. Havia muitos brinquedos e crianças do bairro lá. E minha escola ficava virando a esquina e ao final do quarteirão. Eu podia ir e voltar da escola sozinha e tinha um monte de outras crianças vindo de todos os lugares.

"Costumávamos colocar churrasqueiras do lado de fora e todo mundo do meu prédio e do vizinho aparecia. As pessoas faziam churrasco até do outro lado da rua, no parque, então era como se fosse nosso quintal. Colocavam a música no último volume e todo mundo dançava. E éramos simplesmente livres, sabe? Até o dia em alguém chamou a polícia e tivemos que baixar a música. Então tivemos que sair do parque e aquelas placas dizendo que era proibido fazer churrasco apareceram. Depois, o aluguel aumentou. O contrato da minha mãe ia terminar e ela não podia pagar o que estavam pedindo. Não era só o aluguel; eles não consertavam as coisas que quebravam em nosso apartamento. Tivemos que esperar semanas por um fogão novo. Quase todo mundo estava reclamando das mesmas coisas.

"Então o prédio passou para uma nova administração, da ONNDPT. E foi aí que as coisas começaram a mudar de verdade. A primeira família se mudou e eles tinham morado lá desde que minha mãe era uma garotinha. Depois disso, as coisas começaram a desmoronar em Brownsville. Por que tem que ser assim, hein? Por que, quando somos expulsos, querem tornar as coisas mais limpas e melhores? É como se fôssemos nós a sujeira que querem limpar."

Todos se reúnem em torno de Tree enquanto os olhos dela começam a se encher de lágrimas.

— É visível — diz Okoye — que você quer proteger e defender seu lar. Você tem um propósito, Tree. É por isso que é uma líder.

— Eu não refleti de verdade sobre como vender aquele PiroÊxtase afetaria Brownsville — explica Tree. — Eu sabia exatamente o que ela queria e o que eles estavam tentando fazer, mas Stella fez uma promessa. Se eu conseguisse um bom apartamento em um daqueles prédios novos, talvez ela me deixasse ficar com ele e quem sabe trazer uma parte da minha família. Ela disse que todo mundo ia melhorar de vida. Que ninguém seria expulso. Que quem precisasse de um fogão novo ou de uma pintura nova, ia conseguir. Não era para destruir o que temos aqui. Por isso parei de vender.

— Você foi traída — acrescenta Aneka —, e tem o direito de estar com raiva.

— E eu não queria tomar PiroÊxtase no começo — Mars começa. — Depois comecei a pensar de forma diferente. Sabe, eu sou música e pintora. E quando ouço algo bonito, vejo cores e luzes cintilantes. Eu pinto o que ouço e toco o que pinto. Na primeira vez que tomei o soro, as cores e as luzes eram tão intensas que eu sabia que tinha que pegar meu violão e tocar algo que pudesse capturar o que tinha visto naquelas chamas. Eu não consegui. Então tive que tomar mais soro Êxtase. Eu precisava ver chamas cada vez maiores. Mas cada vez que colocava fogo em algo, as cores ficavam mais opacas. Eu estava perseguindo cores. Entendo como aqueles garotos se sentem. Eles querem algo que nunca poderão ter. É como querer que Brownsville se torne como qualquer parte chique de Manhattan, mas fica cada vez pior. É como se estivéssemos tentando agarrar o ar e acabamos de mãos vazias.

Todos concordaram.

191

— Mars, você entende o que o PiroÊxtase está fazendo com a mente das pessoas — diz Okoye. — Você já tinha um plano para destruí-lo, mas seu objetivo é cultivar a empatia. Não é culpa sua, portanto, não deve se sentir culpada. Ninguém deve ser punido por tomar PiroÊxtase nem mesmo por vendê-lo. Fizeram tudo por causa de mentiras. A verdadeira culpada é aquela que criou o PiroÊxtase e o trouxe para esta comunidade. E nós sabemos quem ela é. Sabemos quem é o inimigo. Agora é hora de lutar com mais convicção.

— E disciplina — acrescenta capitã Aneka. Ela invoca a lança de novo, e a oferece a Mars, que a segura com hesitação e quase a derruba, surpresa com o quão leve é.

— Do que é feita esta coisa? Ferro? — Mars pergunta.

Okoye sabe que não deve dizer nada sobre o vibranium. Ela falou o suficiente sobre Wakanda para fazê-los pensar que é de fato uma humilde nação africana. Mencionar o vibranium, a erva-coração e o legado do Pantera Negra seria uma grande transgressão.

— Sim — é tudo o que Okoye diz. Bem, o vibranium é um tipo poderoso de metal, então não é uma mentira completa.

— Você tem que segurá-la com todo o corpo — diz Aneka.

— Posso tentar? — Tree pergunta.

Mas, antes que Mars entregue a lança a Tree, uma explosão alta à distância faz com que todos deem um salto, exceto Okoye e Aneka, que imediatamente começam a procurar a fonte da explosão.

Mais fumaça se ergue ao céu. Sirenes começam a soar.

— É como se estivesse ocorrendo uma guerra aqui — diz Okoye. —Tree, Mars, ouçam. Vocês têm uma equipe aqui que está disposta a ouvi-las. Estão prontas para liderar, mas somente se souberem qual é o objetivo. Agora que compartilharam um pouco de suas histórias, sabem onde estão suas paixões e onde podem usar melhor suas habilidades. Tree, você sabe o que quer proteger. E, Mars, você sabe o que quer prevenir.

— Sim, mas o que devemos *fazer*? — Tree pergunta.

Okoye respira fundo e olha para sua capitã, sabendo que não pode contar a elas sobre o vibranium e como a lança e as contas Kimoyo são feitas. Ela não pode revelar o poderoso segredo de Wakanda. Então diz:

— Encontrem a fonte do seu poder e então terão todas as armas que precisam para a batalha. E não precisa ser uma lança. Usem o que vocês tem aqui.

— Mas tudo o que temos é... nossas mentes? — Tree diz.

— Sim! Sua mente é a coisa mais importante — diz Okoye. — É daí que vem a sua força de vontade, disciplina e determinação. Agora, estão prontas para a batalha? — ela pergunta a Tree, Mars e ao grupo.

— Nós temos chance? —Tree pergunta. — Eles têm armas, nós não. Nossas *mentes* não podem enfrentar armas.

— Vocês logo aprenderão que armas são primitivas, mesmo que sejam letais. E, é claro, vocês sempre têm uma chance. Derrotem ou sejam derrotados — diz Okoye.

— Poderíamos falar o mesmo sobre o PiroÊxtase — Mars diz, baixando a voz —, derrote ou seja derrotado por ele.

Okoye toca o bolso para ter certeza de que o pequeno frasco de soro ainda está lá.

— Nos deem licença por um momento — diz ela enquanto entra em um beco com Aneka, fora da vista dos adolescentes. — Temos que verificar isso por nossa conta — ela diz a Aneka, que pega uma das contas Kimoyo e a segura na frente do soro como um microscópio.

Okoye certifica-se de que ninguém está espiando por cima dos ombros delas enquanto coloca uma pequena gota do soro na conta. Um pequeno holograma aparece acima da mão de Aneka. No mesmo instante, o soro explode e se torna uma chama rodopiante contida dentro das bordas iridescentes do holograma. Okoye tem que piscar para ter certeza de que o que está vendo através da conta Kimoyo está certo.

O fogo reluz e dança como se tentasse seduzir Okoye a tocá-lo, mesmo sendo apenas um holograma. Tanto ela quanto capitã Aneka estreitam os olhos para observar as cores rodopiantes. Fogo é azul, laranja e vermelho. Contudo, lavanda cintilante, rosa iridescente e azul pálido tornam essas chamas um caleidoscópio de cores hipnotizantes. Okoye não consegue desviar o olhar. Deve ser isso que alguém que tomou o soro PiroÊxtase vê. As chamas começam a mudar. O holograma se aproxima mais e mais, e Okoye acha que o vê se transformar em um arco-íris real feito de chamas. Então ele muda e fica redondo como o sol. A conta Kimoyo descobriu a composição química do soro PiroÊxtase e seu efeito no usuário.

Então, num piscar de olhos, as chamas se transformam em toda Wakanda. Ela consegue ver bem ali! O palácio, a savana, a montanha onde se encontra o poderoso vibranium. Então, dentro das chamas, ela vê o restante das Dora Milaje, com as túnicas vermelhas e lanças, postadas em frente ao palácio de Wakanda como se esperassem uma guerra. Okoye continua observando para ver quais novas cores surgirão, que forma o fogo irá tomar e quais memórias evocará. As chamas se transformam em um pequeno frasco de soro, depois de novo numa conta Kimoyo, mas Okoye não quer que pare. Ela quer ver mais.

Capitã Aneka toca o braço de Okoye.

— A conta Kimoyo nos mostrou o poder do PiroÊxtase — ela sussurra.

— A primeira vez que se toma PiroÊxtase — Tree diz atrás delas —, tudo que se vê são coisas bonitas e pensamentos felizes que estão flutuando na sua mente.

Okoye e Aneka se viram para ver que Tree e os outros estão muito mais perto que antes.

— Mas eu não desejei incendiar prédios — diz Okoye.

— Não, mas não quer ver de novo?

— Não foi tão forte — Okoye dá de ombros, minimizando o efeito que PiroÊxtase teve sobre ela, mesmo através da conta Kimoyo.

— Como foi para você? — ela pergunta à capitã Aneka.

— Isso é realmente poderoso — responde Aneka. — É uma batalha mental. Nós contra as chamas.

— E é por isso que é tão difícil fazer as pessoas pararem — Mars comenta. — Mesmo quando percebem que estão prestes a destruir propriedades, é tarde demais.

— Eles dizem a nós jovens que não devemos brincar com fogo — diz Tree. — Nos dizem para não usar drogas, para ir à escola e estudar muito, conseguir um bom emprego, comprar uma casa, sermos bons cidadãos, e que tudo ficará bem. Bem, foi isso que meus avós fizeram, e meus pais. Mas eles não conseguiam nem manter seus empregos ou suas casas. Todos pensávamos que viveríamos em Brownsville pelo resto de nossas vidas. Mas como nos dizem para seguir as regras que eles podem quebrar?

— É verdade, Stella e pessoas como ela tiveram que seguir essas regras? — Mars questiona. — Ela anda por aí fazendo todas essas coletivas de imprensa, dizendo às pessoas que é nascida em Nova York e que só quer tornar sua cidade ótima de novo. Ótima para quem? Olha, eu não queria ficar do lado dela, é sério. Mas o que quer que ela tenha que a torna tão poderosa, eu queria um pouco para mim também. Não podem me culpar por isso. Não odeiem o jogador, odeiem o jogo.

— Então, como vamos mudar o jogo? — Okoye pergunta.

— Primeiro, queremos que a ONNDPT saia de Brownsville. E queremos que os adolescentes viciados em PiroÊxtase recebam ajuda — diz Tree.

Okoye sobe em um banco e olha para todos os outros jovens que se afastaram do parquinho. Quando a veem, todos voltam e se reúnem, prontos para ouvir o que ela tem a dizer.

— Vocês vão mostrar ao mundo a verdade! — Okoye grita. — Vão tirar fotos e fazer vídeos. Contarão a sua verdade. Falarão para quem quiser ouvir. Vocês marcharão pelas ruas! Exigirão que ONNDPT saia de Brownsville! Vocês vão fechar tudo!

A pequena multidão se move, murmurando. Eles olham para Tree e Mars, que hesitam no início, mas depois começam a aplaudir enquanto todos seguem a liderança dela.

Lucinda aparece e se junta a elas.

— Acho que essa é exatamente a motivação de que precisávamos — Lucinda diz, sorrindo para Okoye. — Tínhamos a ideia certa desde o início, mas precisávamos desse empurrão. Obrigada, Okoye.

— Não, obrigada você, Lucinda — diz Okoye.

Logo as crianças são um coro de esperança e expectativa. Okoye olha para sua capitã, que acena de novo em aprovação. Ela tem um vislumbre de Tree e Mars de mãos dadas, e suspira, sabendo que uniu o grupo dividido, mesmo que possa haver um longo caminho rumo à paz e à justiça.

CAPÍTULO 17

No dia seguinte, no hotel, rei T'Chaka pede a Okoye e à capitã Aneka uma atualização. Quando elas terminam de reportar a situação em Brownsville, ele as informa de algumas más notícias.

— Stella Adams está pedindo para que eu seja removido de todas as missões humanitárias da ONNDPT — diz rei T'Chaka enquanto os três estão no saguão do hotel.

— Bem, isso não seria tão ruim, seria? — Okoye pergunta.

— Isso não é bom, Okoye — diz o rei T'Chaka. — Wakanda precisa da ONNDPT para fazer parte de um esforço global para ajudar outras nações necessitadas. Eles têm poder e reputação no cenário global. Conseguiram financiar nossa viagem a Nova York e prometeram financiar outras viagens. ONNDPT é nosso disfarce. Sem eles, não podemos apenas sair pelo mundo levando nossa mensagem de paz e esperança usando o dinheiro de Wakanda, já que supostamente somos uma nação pobre e humilde. Haveria perguntas demais.

— Meu rei, sabe que a ONNDPT é apenas uma fachada para espalhar PiroÊxtase pelo mundo — Okoye responde. — Stella quer se estabelecer em Wakanda.

— Você sabe que isso nunca acontecerá em Wakanda, pelo menos. Como parte de meu desligamento da ONNDPT, pediram que fôssemos embora um dia antes do planejado. Eles mudaram nosso voo para esta manhã. Stella enviou um carro para nos buscar.

Okoye lança um olhar para capitã Aneka.

— Não podemos partir hoje — diz ela. — Meu rei, há algo que possa fazer? Mesmo que a ONNDPT não chegue a Wakanda, Stella Adams ainda alcançará outros cantos do mundo, especialmente aqueles como Brownsville. Prometemos ao povo de Brownsville que estaremos lá para ajudá-los a combater Stella e a ONNDPT. Não podemos abandoná-los agora. Se tiverem sucesso, podem ser um exemplo para o resto do mundo. Brownsville é apenas um pequeno bairro nesta grande cidade, mas talvez possa inspirar nações inteiras. Eles podem fazer o que Wakanda não tem sido capaz de fazer.

Rei T'Chaka suspira.

— Estou impressionado com sua profunda compaixão pelos outros, Okoye. Capitã Aneka, adie nosso voo. Mas é importante que eu permaneça em bons termos com Stella Adams. Não posso me dar ao luxo de ofender meus aliados, mesmo que tenham segundas intenções. Não podemos deixar Stella saber o que estamos fazendo. Mas com certeza enviaremos uma mensagem à ONNDPT por meio do povo de Brownsville.

Okoye inspira e estufa o peito com orgulho. Ela não costuma receber elogios como este do rei, mas quando os recebe, sente-se elevada a novas alturas. Capitã Aneka também está sorrindo para ela. Não há mais nada a fazer senão seguir em frente com bravura.

Okoye, capitã Aneka e rei T'Chaka fazem tudo de acordo com o plano anterior. Eles arrumam suas coisas para ir a Brownsville, mas quando estão prontos para sair, Stella está sentada em um dos sofás de couro no saguão, sorrindo.

— Vim para me despedir de forma adequada, Majestade — diz ela, levantando-se quando vê o rei.

Okoye está atenta enquanto observa todos os seguranças posicionados em cada canto do saguão do hotel.

— Eu agradeço, Stella — rei T'Chaka responde, mantendo a calma. — É uma pena que tenha considerado melhor que eu vá embora mais cedo.

Okoye observa Stella porque o rei saiu do roteiro. Ele não deveria mencionar nada que pudesse levantar suspeitas.

— Ah, não quis causar nenhum mal-estar, rei T'Chaka — responde Stella. — Apenas pensei que estava ansioso para voltar para casa, só isso.

— Ah, sim. Wakanda. Eu sinto falta do pequeno palácio, dos camponeses e fazendeiros — responde o rei com um sorrisinho.

— Eu adoraria visitar um dia — diz Stella. — Tenho certeza que a hospitalidade wakandana está entre as melhores do mundo.

— Entre outras coisas — diz o rei. — Temo que nosso carro tenha chegado e precisamos partir.

Stella estende os braços para o rei para um abraço, mas tanto Okoye quanto Aneka entram na frente para mantê-la afastada. O rei já deu as costas para ela, fazendo Stella abaixar os braços devagar.

— Tenha cuidado — diz ela. — Lamento que não tenha conhecido Brownsville… Quero dizer, Nova York um pouco melhor. Há tantas regras não ditas. Você terá que visitar novamente e aprender todas elas para que possa levá-las de volta a Wakanda e talvez ajudar a trazer seu povo para o século XXI. Sabe, civilização, democracia, capitalismo.

O rei se vira um pouco para ela e, sem sorrir, diz:

— Ah, sim, essas coisas maravilhosas que tornam os Estados Unidos tão grandiosos. — Com isso, ele dá as costas a ela de novo e começa a se afastar.

— Lamento que vá perder a grande inauguração do centro comunitário hoje — continua Stella, fazendo com que rei T'Chaka hesite perto da porta. — Como eu e a ONNDPT assumiremos agora, estamos finalmente prontos para abrir as portas para a comunidade. Já contratei uma banda e palestrantes motivacionais. Eu esperava que pudessem ver Tree e Mars se apresentando. Elas têm sido de muita ajuda em meus esforços para me aproximar do povo de Brownsville. Os repórteres estarão lá para transmitir todo o evento.

Okoye se vira para olhar para Stella e se pergunta se a mulher está dizendo a verdade. De qualquer forma, logo descobrirão.

— Parece um evento maravilhoso, de fato — diz o rei. — Estamos ansiosos para assisti-lo pela internet quando chegarmos a Wakanda.

Okoye olha para capitã Aneka, um pouco surpresa que o rei tenha mentido. Mas a grande inauguração de Stella não fazia parte do plano dela. Ainda assim, funcionará a seu favor se as câmeras e as pessoas de Brownsville já estiverem lá. Isso também significa que haverá mais guardas presentes. Okoye está ansiosa para chegar a Brownsville para garantir que os adolescentes estarão em segurança.

Uma vez no carro, todos relaxam.

Okoye desliza para o banco da frente, onde se vira para o motorista, um homem mais velho que a olha de forma significativa. Okoye acena com a cabeça; então o homem assente. Ele pega seu bracelete e tira uma conta Kimoyo que projeta um pequeno holograma exibindo a identidade wakandana. O homem é um espião de Wakanda.

— Obrigada, irmão — diz Okoye. — Como mencionei, por favor, nos leve ao bairro de Brownsville no Brooklyn.

Okoye, então, pega o celular e liga para Tree.

— É verdade que você se apresentará na inauguração do centro comunitário?

— Ah, vai ser um show, com certeza — diz Tree. — Ainda estamos seguindo o plano. Stella e a ONNDPT não têm ideia do que está prestes a acontecer.

CAPÍTULO 18

Tree e Mars tiveram que espalhar a mensagem no boca a boca. Lucinda conhece alguns políticos locais nos bairros vizinhos, então ajudou a divulgar ainda mais. Não usaram celulares, e-mails, nem mesmo panfletos. O protesto aconteceria na frente do centro comunitário da ONNDPT. E para o deleite de Okoye, já havia começado quando chegaram a Brownsville.

Eles estão a apenas alguns quarteirões do prédio e não conseguem passar pela multidão de manifestantes que bloqueiam o cruzamento que leva a Brownsville. As pessoas estão amontoadas nas calçadas, algumas estão com a cabeça para fora das janelas enquanto gritam, cantam e erguem os punhos. Okoye não consegue entender o que estão dizendo, mas elas estão claramente zangadas, e ela sorri. Esta parte está indo de acordo com o plano. Este é o primeiro passo para fazer com que os jornalistas tomem conhecimento do que está de fato acontecendo nesta comunidade.

Mas ela vê algo que não fazia parte do plano. Uma fileira de seguranças armados está às margens da multidão. Stella deve ter descoberto. Esses guardas todos não deveriam estar ali.

— Creio que não era isso que a sra. Adams tinha em mente para esta grande inauguração — diz rei T'Chaka.

— Não é seguro, meu rei — diz Aneka, notando a multidão também. A essa altura, fica claro que os guardas podem não estar do lado deles.

— Eu devia descobrir o que está acontecendo — diz Okoye. Sem esperar para ouvir as ordens do rei, ela começa a abrir a porta do carro, mas alguém rapidamente a fecha na cara dela. Um homem aparece na janela escura usando óculos escuros, um chapéu e um uniforme preto. Ele carrega um escudo e Okoye logo percebe as armas que ele carrega: um revólver e um cassetete.

— Fique aqui, Dora. Parece que eles têm tudo sob controle — diz rei T'Chaka.

— Mas queremos que Tree e Mars tenham o controle, não os seguranças — diz Okoye. — Queremos que o povo proteste.

À distância, Okoye vê mais homens usando uniformes pretos, com escudos e armas, e eles começam a empurrar a multidão para trás. Há mais gritos de protesto. Okoye examina a multidão para ver se Tree e Mars estão entre os manifestantes, mas tudo o que vê são rostos irritados e confusos. Ela está satisfeita de que a notícia da manifestação tenha se espalhado, mas não queria que eles tivessem que lutar de verdade contra guardas armados.

— Meu rei, preciso ter certeza de que está seguro lá fora. Não quero deixar isso para esses homens armados. Eles não estão do nosso lado — diz Okoye. Ela sente o coração acelerar de maneira a informar o corpo que ela está pronta para o combate. Ela pode sentir nos ossos que algo está errado. E ela está do lado dos manifestantes. Então, agora, todos aqueles seguranças armados são o inimigo.

— Okoye, ficarei aqui com o rei onde ele está seguro — diz Aneka.

— Dora Milaje — diz o motorista de Wakanda —, estou aqui se precisar de mim. Conheço este lugar como a palma da minha mão. Basta dizer uma palavra.

Okoye começa a destrancar a porta de novo, mas um dos homens bate no capô do carro, gesticulando para o motorista prosseguir.

— O que devo fazer? — diz o motorista. — Ele acha que eu sou um dos funcionários de Stella.

— Você é, mas também é um de nós — diz Okoye. — Não baixe a guarda.

Conforme o carro se aproxima da multidão, os homens de uniforme empurram os manifestantes para os lados com escudos e cassetetes. Okoye abre a porta e salta. Ela se recusa a ficar sentada no conforto daquele carro, vendo essas pessoas serem empurradas.

— Ei, você! — alguém a chama. — Você trabalha para a Adams?

Todos observam Okoye. Um homem uniformizado corre em direção a ela.

— Senhora! Volte para o carro. É perigoso aqui fora.

Mas Okoye corre para o meio da multidão, se espremendo entre as pessoas enquanto elas bradam:

— Fique fora das nossas ruas, ONNDPT!

— Ei, guerreira! — alguém grita da multidão. — Pensamos que você estava do nosso lado!

— Ela está! — alguém grita. — Deixe que ela faça o trabalho dela.

Okoye chega ao final da multidão, onde mais homens uniformizados e armados estão forçando todos a recuarem com seus escudos e cassetetes. As armas deles são meros brinquedos em comparação com a lança de vibranium dela. Mas Okoye precisa decidir se as habilidades de Dora Milaje a ajudarão a sair dessa situação. Capitã Aneka a treinou bem e já deu a bênção dela. Então Okoye se prepara enquanto os pensamentos se aceleram e os olhos passam de um guarda para o outro. Ela recua para onde há uma abertura na multidão grande o bastante para ela girar e chutar em um piscar de olhos. Okoye rapidamente estende a lança, e o vibranium envia um pulso eletromagnético no ar, fazendo contato com as armas dos seguranças nos coldres. Os pulsos eletromagnéticos enfraquecem os joelhos deles e os fazem cair no chão como se tivessem sido atingidos por várias armas de eletrochoque.

A multidão se espalha em um frenesi de admiração e confusão, mas Okoye mantém os olhos em um púlpito com microfone que foi montado em frente ao centro comunitário para uma coletiva de imprensa improvisada. Uma faixa vermelha, branca e azul está estendida na frente dele junto com outra faixa que diz: *Uma árvore cresce em Brownsville*.

Então Okoye a vê. Ela solta um longo e profundo suspiro de alívio quando os olhos dela pousam em Mars, parada perto da porta. Pelo menos essa parte está saindo como planejado. Stella não sabe o que Mars está prestes a fazer. Okoye procura Tree e o resto do grupo, que não podem ser vistos em lugar algum.

Os guardas estão ficando mais agressivos à medida que os gritos da multidão aumentam. Quando Okoye está prestes a se juntar ao coro, alguém agarra o braço dela. Em um movimento rápido, ela se afasta e agarra a pessoa. Como Dora Milaje, Okoye treinou para nunca ser agarrada, segurada, puxada ou empurrada por ninguém. Não importa quão forte seja o aperto, ela sempre consegue se soltar e passar a ser quem está agarrando, segurando, puxando ou empurrando em menos de um segundo.

No entanto, é capitã Aneka.

— Excelente, Dora Milaje — ela sussurra —, mas solte meu braço.

— Por que me agarrou desse jeito? Você sabia o que aconteceria — diz Okoye, soltando o braço de Aneka.

— Agora que tenho sua atenção, vamos embora — diz Aneka. — O rei está com o motorista e está seguro. Temos que ir depressa!

A multidão começa a entoar mais alto quando um som de bipe força todos a taparem os ouvidos. Mas Okoye e Aneka seguem a fonte do som: o púlpito. Elas logo percebem que o bipe é o retorno do microfone. Segundos depois, Stella aparece.

Os olhos de Okoye encontram os de Mars. Elas acenam uma para a outra, mas Okoye tem que manter a atenção em Stella.

— Agora acalmem-se — diz Stella ao microfone. — Sei que não sou quem vocês queriam ver aqui. Sei que não sou a líder que estavam esperando. Mas hoje deveria ser o dia em que finalmente abrimos as portas deste tão necessário centro comunitário. Podemos seguir em frente com as festividades, mas já que todos vocês estão aqui, pensamos em trazer a festa até vocês.

A multidão vaia enquanto Okoye e capitã Aneka mantêm os olhos em Mars, que lhes dará a deixa.

— Senhoras e senhores de Brownsville, apresento a vocês o rei de Wakanda, rei T'Chaka, que dirá algumas palavras que espero que ajudem a restaurar a confiança de Brownsville nas Organizações Nenhuma Nação Deixada Para Trás — continua Stella.

A multidão por fim se acalma quando Okoye lança um olhar para capitã Aneka. Nenhuma das duas sabia nada sobre esse discurso, e quando o rei T'Chaka emerge da multidão e encontra o olhar delas, fica claro que ele também fora pego de surpresa. Stella não deveria saber que estariam lá. Ela não deveria saber desse protesto.

— Traidor! — alguém grita da multidão assim que rei T'Chaka sobe ao palanque.

Okoye examina a multidão, mas não consegue encontrar a fonte dessa acusação.

— Esperem, pessoal! Vamos ouvi-lo! — outra voz chama.

Okoye reconhece a voz de Tree. Mas rei T'Chaka se vira para Okoye e balança a cabeça. Então ele desce do púlpito, no momento em que as vaias e cânticos da multidão aumentam.

— Sinto muito, sra. Adams — rei T'Chaka diz por cima do barulho. — Não consigo ouvir minha própria voz acima dos protestos do povo. Por que não volto quando puder de fato falar pelo povo e suas vozes estejam sendo ouvidas?

— Rei T'Chaka — Stella diz com os dentes cerrados —, tinha a impressão de que era para isso que o senhor estava aqui. Meus seguranças o viram naquele carro. De que lado está, Majestade?

— Estou do lado de Wakanda — diz o rei. — Achei que você não queria nada com uma nação tão pequena e impotente como Wakanda, e voltei aqui porque as pessoas me lembram muito meu próprio povo.

Enquanto rei T'Chaka e Stella estão trocando palavras, Okoye vê Lucinda Tate saindo da multidão e se dirigindo ao palanque.

— Vocês todos ouviram o rei. Deixem que ouçam suas vozes! — Lucinda diz no microfone. — O mundo está assistindo!

Tree se junta a ela no microfone.

— Bem alto e com orgulho, Brownsville, repitam comigo: "ONNDPT, leve suas drogas embora de Brownsville!".

A multidão irrompe em gritos mais altos e punhos erguidos. Um novo grupo de seguranças corre para o pódio, escoltando Stella para longe em um instante, e ela desaparece por uma porta lateral do prédio do centro comunitário.

— Okoye! — capitã Aneka grita, apontando para Mars.

Okoye vê Mars entrando pela porta dupla do centro comunitário. Lá dentro, Mars abre uma porta para uma escada na extremidade da rotunda.

— Okoye! — alguém chama. Lucinda corre em direção às portas duplas. — Eu conheço este prédio. O que precisa que eu faça?

— Fique com seu povo — Okoye responde. — Eles precisam de sua ajuda.

— Você é meu povo! — Lucinda grita. — Eu posso ajudar.

Okoye ignora os apelos de Lucinda e segue Mars. Quando chega à escada, Mars já entrou no armazém do porão, onde Okoye fica aliviada ao encontrar a porta aberta e Mars parada lá dentro, esperando por ela.

— Muito bem, Mars — diz Okoye. — Agora temos que agir depressa.

— Calma, guerreira de Wakanda. Chegar aqui no meio de um protesto foi a parte mais difícil. Agora vamos nos livrar dessas coisas.

Okoye examina todas as caixas de PiroÊxtase. Ela olha para Mars, que está fazendo o mesmo. O laboratório do outro lado do porão está vazio.

— Então você quer destruir todas essas caixas?

— Sim! Enquanto PiroÊxtase estiver sendo fabricado aqui, este edifício nunca pertencerá à Lucinda e a Brownsville. Mas vamos acabar com isso tudo com fogo de verdade, não com aquela coisa estranha do soro PiroÊxtase. Preciso que você desligue o sistema de extintores de incêndios. A válvula fica ao lado do laboratório.

Okoye pondera se é possível proteger Mars enquanto ela tenta destruir a droga que está destruindo a comunidade dela.

— Quando eu disser corra, você vai correr em minha direção e não vai olhar para trás — diz Okoye. Ela procura uma rota de fuga e vê o elevador de carga que a levou para fora do porão. Ela corre para onde estão as válvulas e vê um intrincado labirinto de canos, botões e fios.

Okoye olha para Mars, que está no meio do porão do armazém segurando uma lata de gasolina em uma das mãos e um isqueiro na outra.

— Anda logo! — ela diz para Okoye com um grito sussurrado.

No mesmo momento, Okoye ouve um estrondo vindo do elevador de carga. As portas se abrem e um grupo de guardas sai com as armas em punho.

Okoye não hesita em correr em direção a Mars, que está despejando gasolina nas caixas rapidamente. Okoye joga Mars no chão para que fiquem fora da vista dos seguranças.

— Ai! Isso não fazia parte do plano! — Mars sussurra.

— Os guardas vindo aqui para baixo também não foi algo que você planejou, mas estão aqui. Preciso que fique abaixada — Okoye diz, e alivia o aperto.

Ela se levanta do chão e se esgueira atrás das caixas até ter uma boa visão dos seguranças enquanto eles procuram por ela e por Mars. Mentalmente, Okoye faz uma contagem regressiva de dez a zero, e então começa a perseguir os guardas, que atiram na direção dela, mas erram. Quando ela salta em direção a um deles, a lança de vibranium se estende para fora da manga e ajuda a amortecer a queda no momento em que alguns guardas apontam as armas para ela. A lança deflete as balas e, com um chute forte, Okoye derruba as armas das mãos dos guardas. Então outro segurança a ataca, e Okoye se vira, chutando-o na cara. Mais alguns giros, um golpe de lança e outro chute quase mortal forçam os guardas a se submeterem, e eles ficam no chão segurando as barrigas e bochechas inchadas.

— Você precisa me ensinar isso aí — diz Mars atrás dela.

— Você vai precisar de disciplina — responde Okoye, quase sem fôlego. — Muita disciplina.

Okoye e Mars se viram depressa quando ouvem as portas do elevador se abrirem, e dele saem capitã Aneka e Tree, que se veem entrando em um armazém encharcado de gasolina.

— Temos que sair daqui — diz Aneka. — O rei está de volta com o motorista, em segurança.

— Não posso tacar fogo nessas caixas com todo mundo aqui embaixo! — diz Mars.

Outro conjunto de portas de elevador se abre para revelar Stella Adams cercada por seus seguranças; eles imediatamente emboscam Okoye, Aneka, Mars e Tree.

— Ah! Estava esperando por você, Okoye — diz Stella. — Vejo que está reunindo seus pequenos subordinados para derrubar minha operação. O que eles estão usando? Arcos e flechas de Wakanda?

— Lanças, na verdade — diz Okoye com confiança.

Tree dá um olhar apreensivo para Okoye, que acena com a cabeça como se dissesse que tudo ficaria bem.

Stella ri.

— É uma pena que tenha apenas um exército de garotas adolescentes — diz ela.

Os olhos de Okoye se arregalam e os punhos se fecham, mas ela tenta manter a calma para obter mais informações de Stella. Ela toca a conta Kimoyo para ativar o recurso de gravação. A conta está equipada com uma câmera e um microfone, então vai registrar tudo o que está acontecendo.

— Lucinda está lá agitando o povo de Brownsville contra mim, fazendo com que acreditem que eu sou o inimigo quando fui eu quem reconstruiu este lugar do zero. E ela acha que conhece este prédio por dentro e por fora — continua Stella. — Mas eu conheço meu produto.

— Que produto é esse, Stella? PiroÊxtase?

— Vejo que você tem brincado de Sherlock Holmes aqui, africana, metendo o nariz nos assuntos de outras pessoas.

— É nosso assunto também, Stella, porque estávamos vendendo PiroÊxtase para você — diz Mars. — Você fez com que déssemos a garotos como nós para que incendiassem a comunidade e abrissem caminho para seus condomínios de arranha-céus.

— Ah, que bom, então, Mars! Bem, eu não ia chamar de Nenhum Gueto Deixado Para Trás. — Stella ri. — Quase não há árvores aqui e em outros lugares como este. É por isso que "Uma árvore cresce em Brownsville" é um ótimo lema para nós. Eu mesma deveria agradecer a Lucinda. E por que você permitiu que uma africana poeirenta se metesse nos seus assuntos? Você me traiu, Mars, depois de tudo que fiz por você.

Okoye se aproxima de Stella, mas os guardas a impedem. Ela não luta contra eles. A conta Kimoyo ainda está gravando tudo, e ela não pode arriscar expor as habilidades de batalha assim. É melhor bancar a vítima enquanto o mundo está assistindo.

— Onde ela está? — Okoye pergunta entredentes e com os punhos cerrados.

— Você destruiu meus planos, princesa guerreira. Teremos que passar este laboratório para outro lugar. O que vocês estrangeiros não entendem é que o mundo é muito maior do que o seu cantinho no seu país pobre. Tenho muitas outras cidades, prédios novos e maiores com laboratórios de última geração! — Stella se vangloria. A voz dela ecoa por todo o andar. — Você deveria me agradecer por ser tão gentil em mantê-la fora de perigo. Eu sei que você queria ver alguns fogos de artifício aqui, queimando meu precioso estoque. Mas temos que tirar isso daqui, e eu não gostaria de deixar nenhuma evidência. E vocês, minhas queridas africanas, também são evidências.

As Dora, Tree e Mars são forçadas a andar à frente dos guardas até uma sala escura e com paredes feitas de aço. Assim que entram, os guardas saem depressa e as portas se fecham. Tree e Mars dão as mãos, e Okoye e capitã Aneka se preparam para qualquer risco que a sala possa oferecer.

— Que lugar é este? — Okoye pergunta.

— As portas estão seladas — diz a capitã. — Nem mesmo nossas lanças vão nos tirar daqui.

— Temos que encontrar uma maneira de sair daqui sem elas, então — diz Okoye.

Okoye olha para sua capitã com um olhar de súplica, como se implorasse por perdão. Antes que Aneka possa dizer qualquer coisa, Okoye remove uma conta Kimoyo da pulseira. Ela a toca para alertar o rei de que estão em perigo. Então ela puxa outra conta, programando-a para invadir torres de celular próximas. Ela transmite a gravação de Stella para telefones e telas por toda a cidade.

— Okoye, o que está fazendo? — Tree pergunta.

— Agora todos saberão a verdade — diz Okoye.

— O que está acontecendo? — Mars grita.

Um estrondo alto vem do teto. Tree e Mars se agacham e cobrem as cabeças. Capitã Aneka saca a lança, mas Okoye permanece firme como se esperasse algo. Ela bate depressa na conta Kimoyo para encerrar a gravação ao vivo. O mundo não precisa ver o que está prestes a acontecer.

Mais estrondos altos e um guincho longo. Algo está cortando as paredes de aço. Tree e Mars começam a gritar. Um som agudo e cortante na porta deixa entrar ar e luz e uma figura estranha aparece.

Okoye e capitã Aneka imediatamente se curvam na presença dela.

— Pantera Negra! — ambas dizem.

— Pantera Negra? — Tree e Mars repetem.

Os guardas estão se aproximando da sala de aço para tentar impedi-los de ir embora. Mas o Pantera Negra, com Okoye e capitã Aneka, enfrenta cada um deles. Antes que Tree e Mars possam piscar pela segunda vez, todos os guardas estão no chão e o Pantera Negra está gesticulando para que elas saiam. Stella foi conduzida para fora por outro grupo de guardas.

Okoye se vira, aliviada ao ver que o Pantera Negra está logo atrás.

CAPÍTULO 19

Um novo grupo de guardas os alcança antes que descubram como sair do subsolo. Okoye e Aneka mantêm as lanças de vibranium prontas para enfrentar os inimigos enquanto o Pantera Negra salta sobre a cabeça delas e ataca cada um dos guardas; girando e chutando, socando e bloqueando e lançando os corpos mais fracos deles no ar. Eles caem no chão ou em cima de caixas, mal conseguindo respirar.

Tree e Mars assistem admiradas enquanto o Pantera Negra derrota os seguranças.

Stella Adams aparece. Ela caminha lentamente em direção ao Pantera Negra, destemida.

As Dora Milaje ficam ao lado do Pantera Negra, prontas para lidar com Stella Adams se for preciso. Deve ser fácil.

Mas os olhos de Stella parecem brilhar em um vermelho ardente, quase como a atmosfera ao redor de Brownsville. Algo está diferente nela. Diante disso, as Dora Milaje se colocam em posição de luta.

— Eu tentei ser gentil e hospitaleira — diz Stella, sua voz como um vulcão em erupção agora. — Essas garotas disseram para vocês não se intrometerem.

Ela está focada no Pantera Negra, e antes que Okoye e a capitã entendam o que ela está fazendo, os pés do Pantera Negra estão cobertos de chamas. Seus poderes são ainda mais inflamados pela gasolina no chão, e o fogo se espalha, engolindo o Pantera Negra.

— Corram! — Okoye grita para Tree e Mars, e elas correm para o elevador de carga.

Com o fogo lambendo o traje dele, o Pantera Negra salta para a sala de metal para evitar que as chamas se espalhem, volta pelo caminho por onde veio e rapidamente desaparece.

O fogo começa a se espalhar pelo chão do armazém enquanto as caixas de soro PiroÊxtase se incendeiam. Stella está congelada no lugar, com os olhos fixos nas chamas dançantes. Okoye está dividida entre tirar Stella do transe estático ou sair ela mesma do armazém.

— Vamos sair daqui! — capitã Aneka grita da entrada do elevador de carga.

Okoye usa a lança para saltar por cima das chamas crescentes e, em um só movimento, agarra Stella, arrastando-a para o elevador de carga enquanto as chamas se aproximam cada vez mais. À medida que o elevador sobe, elas observam cada uma das caixas de PiroÊxtase ser destruída pela própria produtora, aniquiladas pela criadora.

O elevador de carga para no térreo, onde uma porta traseira dá para a rua. Assim que a abrem, são recebidas por uma multidão animada e luzes de câmeras de telefone. Estranhos e jovens do grupo de Tree e Mars vêm abraçá-las enquanto elas se apressam para se afastar do prédio.

Stella está saindo de transe, mas os capangas não estão por perto para ajudá-la. A multidão forma um círculo em torno dela para impedi-la de fugir.

Uma forte explosão no centro do porão do armazém subterrâneo força todos a se abaixarem. Eles chegam à calçada, onde há uma multidão observando o centro comunitário enquanto a fumaça escapa pelas janelas.

— Todos se afastem! — Mars brada.

— Esperem! — alguém grita. Okoye e Tree se viram para a multidão para ver Caleb correndo na direção delas. — Lucinda ainda está lá! Ela sabia que vocês estavam no prédio, e quando viu as primeiras chamas, correu atrás de vocês.

No mesmo momento, caminhões de bombeiros podem ser ouvidos a alguns quarteirões de distância.

— Ah, agora eles aparecem rapidinho! — diz Tree. — Quando um edifício da ONNDPT está prestes a pegar fogo.

Okoye vê Tree de relance: olhos arregalados, boquiaberta, com o peito arfando em pânico.

— Tree — ela diz. — Olhe para mim. Quero que respire. Nós vamos ajudar. Estamos todos aqui para ajudar.

Os caminhões chegam e os bombeiros correm para prender uma mangueira no hidrante mais próximo.

— Temos que tirar Lucinda de lá! — Okoye grita, e ela está prestes a correr para o prédio em chamas, mas Tree agarra o braço, forçando-a a recuar.

— Você não é sobre-humana, Okoye — diz Tree. — Lembre-se do que disse. Ciência, não magia. Não quero que se machuque. Quero que você volte para casa. Deixe os bombeiros finalmente fazerem seu trabalho.

Alguns outros bombeiros correm para dentro do prédio. Enquanto a fumaça sai pelas janelas e pelo telhado, todos parecem estar prendendo a respiração. Okoye está impaciente. Tree está certa. Ela ainda é humana, e não imortal. Ela não quer que ninguém morra sob a proteção dela, nem sob a proteção das Dora Milaje. As Dora são treinadas em combate, porém não são preparadas para entrar em prédios em chamas.

A multidão de repente emite um som de espanto quando o Pantera Negra emerge com Lucinda nos braços. Ele a coloca no chão e, antes que alguém possa bombardeá-lo com perguntas, corre de volta para o prédio em chamas, mesmo enquanto a multidão protesta.

Okoye sabe que ele vai ficar bem. É apenas uma estratégia de saída.

Ambulâncias e vans de notícias se aproximam da comoção. Repórteres e equipes descem das vans, com câmeras e microfones nas mãos enquanto atravessam a multidão para chegar a Stella Adams antes dos paramédicos.

— Eu gostaria de agradecer ao povo de Brownsville por sua bravura e por chamar os bombeiros para salvar minha vida! — Stella fala a um microfone enquanto se levanta.

— Ah, não mesmo! — Tree grita e corre até Stella enquanto as câmeras continuam rodando. — Ela estava vendendo uma droga chamada PiroÊxtase que estava sendo produzida no porão deste prédio. Ainda resta um pouco se apagarem o fogo. Ela está fazendo isso em cidades por todo o país e estava prestes a expandir para outros países também!

Mars se aproxima atrás dela, olha para as câmeras e acrescenta:

— Nós não estávamos causando tumulto! Só queremos Stella Adams e as Organizações Nenhuma Nação Deixada Para Trás fora do nosso bairro!

Okoye se aproxima de Tree e sussurra:

— Eles sabem. Foi transmitido para toda a cidade de Nova York. Bom trabalho.

Tree se vira para Okoye, sorri e lhe dá um abraço longo e apertado.

A multidão explode em vaias quando Stella é levada para uma ambulância. A polícia chega, mas estão indo direto para Tree e Mars. A multidão protesta ainda mais alto, apontando para Stella Adams.

— Prenda ela! Ela é a verdadeira criminosa aqui! — alguém grita. — Está tudo gravado.

Entretanto, a polícia apenas escolta Stella até a ambulância enquanto outros policiais, detetives e repórteres questionam as pessoas na multidão.

Okoye e Aneka se entreolham, sabendo que esta é sua oportunidade de escapar. Elas não podem ser pegas pelas câmeras dos noticiários. O nome do rei T'Chaka não pode ser ligado a este incidente, e elas esperam que Tree e Mars não mencionem as Ḍora Milaje nem o Pantera Negra. Stella Adams com certeza ficará quieta ou então a envolveria ainda mais na criação de outro tipo de PiroÊxtase.

Okoye se vira para ver Tree observando-a. Ela dá um aceno fraco como se não quisesse que Okoye fosse embora. Então Okoye pega uma das contas Kimoyo e a joga para Tree, que a agarra e a observa na palma mão por um longo momento antes de colocá-la rapidamente no bolso.

— O que é isso? — Tree pergunta.

— Pode ficar com ela para se lembrar de nós — diz Okoye. — É do meu país, Wakanda. Não é um amuleto de boa sorte ou algum tipo de talismã. Não é mágica. Quero que você saiba que Wakanda é tão real quanto a ciência.

— E tão real quanto o Pantera Negra? — Tree sussurra.

Okoye sorri.

— Tão real quanto Brownsville. Brownsville para sempre!

Tree repete muito mais alto:

— Brownsville para sempre!

Okoye e capitã Aneka desaparecem no meio da multidão. Se houver histórias contadas sobre a presença delas no bairro de Brownsville, no Brooklyn, elas serão apenas lendas e mitos.

CAPÍTULO 20

— Aprendi muito sobre a cultura estadunidense, certo? — rei T'Chaka diz enquanto esperam por um táxi no saguão do hotel. — Sabiam que muitas vezes dizem que Wakanda é o país mais pobre do Hemisfério Oriental?

— Eles podem acreditar no que quiserem — diz Okoye.

— Obrigado por me alertar, Okoye — diz o rei. — Foi sábia em não lidar com tudo sozinha.

— Ah! Então foi assim que soube que deveria procurar por nós — diz capitã Aneka. — Concordo. Boa ideia, Okoye.

— Mas aquelas garotas…

— Não precisa se preocupar, meu rei. Nosso segredo está seguro com elas.

— Confio em seus instintos, Okoye — diz o rei. — Sei que está preocupada e continuará se preocupando com aquelas adolescentes corajosas, fortes e belas. Mas nem tudo está perdido. O centro comunitário de Brownsville acaba de adquirir um grande investidor-anjo que criou um fundo anônimo para captar dinheiro mais que necessário para a juventude local, para educação continuada, atividades extracurriculares e aconselhamento para ajudá-los a lidar com os efeitos nocivos do PiroÊxtase. A fabricação de PiroÊxtase foi interrompida e a Organizações Nenhuma Nação Deixada Para Trás foi dissolvida pelo conselho administrativo. Stella Adams está cercada por seus advogados e se prepara para dar uma coletiva de imprensa para limpar a imagem. Levará algum tempo até detetives e promotores reunirem mais provas contra ela. Pessoas poderosas como ela tendem a se safar de muitas coisas neste país. Mas olhando pelo lado positivo, Lucinda Tate recebeu de volta a propriedade do prédio, bem como das outras propriedades da ONNDPT na cidade de Nova York. Elas estão em boas mãos, Okoye.

Okoye engole em seco, tentando impedir que os olhos se encham de lágrimas.

— Obrigada, meu rei — é tudo o que ela diz, embora sinta vontade de abraçá-lo. Ela não pode. Então, em vez disso, Okoye ajeita a postura e dá a seu rei um aceno de cabeça firme como forma de mostrar apreço pela honestidade e validação da parte dele.

Capitã Aneka abraça Okoye.

— Minha irmã. Eu estou muito mais sábia e corajosa por causa de sua sabedoria e bravura. É disso que se trata ser Dora Milaje. Eu a agradeço por me apresentar a essas crianças. Elas também têm um pedaço do meu coração.

No táxi, Okoye pega o telefone para ver os nomes de Tree, Mars e Lucinda entre os contatos. Ela sorri, lembrando-se dos rostos e vozes delas. Mesmo que não tenha utilidade para o telefone em Wakanda, ela o guarda para que possa se lembrar do tempo e das novas amigas em Brownsville. Okoye troca o nome de Tree por um *emoji* de árvore porque ela está profundamente enraizada, com galhos que se espalham por toda parte. Mars é representada por um *emoji* de espada, determinada, forte e disposta a lutar pelo que acredita. O nome de Lucinda é substituído por uma paisagem urbana. Okoye tem certeza de que um dia ela se tornará prefeita, ou talvez presidente. O mundo será um lugar melhor com alguém como ela em posição de liderança. Okoye mexe na pulseira de contas Kimoyo, lembrando-se da conta que faltava, aquela que deu a Tree. Tudo será possível para Tree e as crianças de Brownsville, com a ajuda dela, é claro. Com a ajuda de Wakanda.

FIM

SIGA NAS REDES SOCIAIS:

 @editoraexcelsior

 @editoraexcelsior

 @edexcelsior

 @editoraexcelsior

editoraexcelsior.com.br